快乐读书 爱上语文

彩绘版 无障碍阅读

中外神话故事

张丝平／主编

天津出版传媒集团

百花文艺出版社

图书在版编目（CIP）数据

中外神话故事 / 张丝平主编 . -- 天津：百花文艺出版社，2015.1 (2024.4 重印)
ISBN 978-7-5306-6611-1

Ⅰ. ①中… Ⅱ. ①张… Ⅲ. ①神话-作品集-世界 Ⅳ. ①I17

中国版本图书馆 CIP 数据核字(2015)第 009056 号

中外神话故事

ZHONGWAI SHENHUA GUSHI

张丝平 主编

出 版 人：薛印胜
责任编辑：魏　青
装帧设计：文贤阁
封面设计：宋双成
出版发行：百花文艺出版社
地址：天津市和平区西康路 35 号　　**邮编：**300051
电话传真：+86-22-23332651（发行部）
+86-22-23332656（总编室）
+86-22-23332478（邮购部）
网址：http://www.baihuawenyi.com
印刷：天津泰宇印务有限公司
开本：710 毫米×1000 毫米　1/16
字数：120 千字
印张：12
版次：2015 年 2 月第 1 版
印次：2024 年 4 月第 3 次印刷
定价：29.80 元

如有印装质量问题，请与天津泰宇印务有限公司联系调换
地址：天津市宝坻区马家店工业区建铨道 3 号
电话：(022)59219088　邮编：301801

谢冕

1932年生，福建福州人，著名文艺评论家、诗人、作家，北京大学教授、博士研究生导师。曾任北京大学中国语言文学研究所所长，中国新诗研究所所长，《新诗评论》主编。现任中国作家协会全国委员会名誉委员，北京市作家协会名誉副主席，中国当代文学研究会副会长等。1980年他筹办并主持了全国唯一的诗歌理论刊物《诗探索》，并任该刊主编。同时，谢冕参与了北京大学中国当代文学学科建设，建立了该科第一个博士点，他也成为该校第一位指导当代文学的博士生导师。

著有《文学的绿色革命》《中国现代诗人论》《新世纪的太阳》《论二十世纪中国文学》《1898：百年忧患》等专著十余种，另有散文随笔《世纪留言》《流向远方的水》《永远的校园》等。主编《中国百年文学经典文库》(10卷)、《百年中国文学经典》(8卷)等。

名人推荐

推荐寄语

读书是一种接受前人智慧的方式。因为读书，文化得以传承和发扬。读书不仅于个人有益，也于社会发展和人类进步有益。

谢冕

张梦阳 作家、学者，中国社会科学院文学研究所研究员，中国鲁迅研究会副会长。著有《鲁迅杂文研究六十年》（浙江文艺出版社 1986 年出版）、《阿 Q 新论——阿 Q 与世界文学中的精神典型问题》（陕西人民教育出版社 1996 年出版）、《鲁迅对中国人的思维批判》（东方出版社 2011 年出版）等。作品曾获中国社会科学院优秀科研成果奖，其鲁迅研究书系获 1997 年国家图书奖提名奖。

祝晓风 中国社会科学院文学研究所编审，中华文学史料学学会近现代史料学分会副会长，南开大学教授，文学博士。曾任光明日报社主任编辑，《中华读书报》编辑部主任，中国社会科学杂志社编审、编辑中心主任，《中国社会科学报》第一届编委，《中国社会科学报》常务副主任。著有《读书无新闻》（东方出版社 2006 年出版）、《有声与无声之间》（中国社会科学出版社 2011 年出版）等。

刘培 山东大学文史哲编辑部教授、博士生导师，文学博士。2002 ~ 2004 年在南京师范大学博士后流动站工作。2009 年入选教育部新世纪优秀人才支持计划。著有《北宋辞赋研究》（山东人民出版社 2009 年出版）。在《文学评论》《文学遗产》《文艺研究》《北京大学学报》《南开学报》《四川大学学报》《江海学刊》等学术期刊发表论文 50 余篇。

杜语 线装书局出版中心副主任、第一编辑室主任、副编审、历史学博士。于 2009 ~ 2010 年在美国克莱姆森大学中国研究中心做访问学者。著有《开埠史话》（社会科学文献出版社 2000 年出版）、《英雄论英雄》（中国城市出版社 2003 年出版）、《挑战千年变局》（中国社会科学出版社 2010 年出版）等。在《中国社会科学院研究生院学报》《中国教育报》《中国农民报》《中国改革报》《人民论坛》等报刊发表论文、通讯、高层访谈等数十篇。

杨东林 文学博士，深圳大学文学院党委书记、中文系副教授。主要从事中国古代文学和古代文论方面的教学研究，在《文学评论》《文史哲》等刊物发表学术论文多篇。

郭灿金 历史作家，文学博士，河南大学副编审。著有《中国人最易误解的文史常识》（中国书籍出版社2006年出版）、《大唐盛世最有争议的30个人》（中国书籍出版社2008年出版）、《郭灿金读史》（长江出版集团2009年出版）、《史记（注译）》（中州古籍出版社2010年出版）等。其中，《趣读史记》系列2007年多次进入新浪畅销书排行榜前十名；《中国人最易误解的文史常识》曾获由中国书刊发行业协会主办的“2007年度全行业优秀畅销品种”称号。

专家编审团

宋永健 北京市海淀区语文骨干教师，首都师范大学第二附属中学教师。致力于中、高考研究和教育科学研究工作，所写教学案例、教学设计多次荣获市、区级奖励。

高凤香 陕西省杨凌中学高级语文教师，杨凌作家协会副主席，《杨凌文苑》杂志副主编。著有《新课程下创新教学探析》（万卷出版公司2013年出版）、《温一壶月光》（敦煌文艺出版社2013年出版）等。

序言

XU YAN

苏联教育家苏霍姆林斯基曾说过："让孩子变聪明的方法，不是补课，不是增加作业量，而是阅读，阅读，再阅读。"

如果说文化是人类的一份精神遗产，那么阅读就是开启这份遗产的金钥匙。在这种美好的感情和这块灿烂的文明沃土上，优秀的文学名著传达着人类对生命、对历史、对未来的憧憬和思考，其闪耀的智慧穿越古今中外，经过岁月的磨砺，升华成今天的经典。阅读美好的有价值的文学名著，是了解社会、认知自我的有效途径。

让我们一起阅读《论语》《诗经》，阅读《红楼梦》，阅读《雾都孤儿》，阅读《安徒生童话》……日不间断，我们也许会因为书中一段华丽的诗句而激扬，也许会为某个主人公的坎坷遭遇而落泪……任思绪随着书中动人的故事飘飞。阅读的过程就是励志、炼心、启智的过程。水滴石穿，绳锯木断。天长日久，积累的是知识，培养的是情感，塑造的是品格，净化的是灵魂……

本套书考虑各年龄段读者诵读古诗文、现代文学作品，以及外国文学作品等的阅读习惯，设置了知识链接、专家解疑、智慧引路、名家导读、哲理名言、名师点拨、好词好句、阅读思考、名家品评、重点测试等栏目。全套书图文并茂，精美的彩色插图，令经典的情节完美呈现，让读者在阅读文字的同时，感受具体的情景描述，增加阅读的乐趣。

畅读经典文学名著，启迪智慧，唤醒心灵

知识链接

作品速览

神话传说是一个民族和国家宝贵的精神财富，在文学影响和历史研究上都有着非常重要的意义。本书选取了部分经典的中外神话故事，粗略地将它们归为六类，即：创世篇、自然篇、英雄篇、历史篇、古迹篇、逸闻篇。

创世篇主要讲述了开天辟地的故事和人类的起源，宣扬的是一种与恶旧势力做斗争的思想；在自然篇中，神仙们为了改造大自然或追求知识与智慧，凸显出了不畏艰险、不惧牺牲的伟大精神；到英雄篇中时，人们（神仙）开始涉入了政治的纠纷与利益的争夺，无数人（神仙）或通过自己的智慧，或凭借自己的不懈努力，为人类的进步做出了巨大的贡献。而有了英雄们的壮举，历史的车轮自然也会被推动得滚滚前进，所以历史篇中主要讲述了部分伟人（神仙）改造、推动历史的故事；在古迹篇中，本书选取了几处与神话故事相关的名胜古迹，故事的主人公怀着悲天悯人的大爱情怀，无私地为人类谋求福利，而这些流传千载的名胜古迹正是对他们伟大精神的一种歌颂和纪念；而逸闻篇则是收录了感人肺腑或富于启迪的神话传说，作为对全书的补续，宣扬了真、善、美的崇高思想和一种服务大众的无私精神。

本书是面向少年读者的一部精品力作，不仅具有语言凝练优美、深入浅出的特色，而且特意添加了“名家导读”“名师点拨”“专家解疑”“好词好句”“智慧引路”“哲理名言”“重点自测”等内容，对小学生词汇

·9·

知识链接

全面熟悉文学作品内容，快速掌握相关的文学文化常识。

中外神话故事

有的画像在两个人中间还挽着一个天真烂漫的孩子，这无疑是他们的爱子了。

伏羲和女娲既然是亲兄妹，又怎能结婚呢？这里还有一段传说。原来伏羲、女娲还是十来岁孩子的时候，一连旱了六个月没下一滴雨。人们焦急万分，就去求他们的父亲张宝卜。据说这张宝卜会法术，连雷公也斗不过他。于是张宝卜对天上说：“三天之内不下雨，我要雷公也跌下来！”果然不几天就下了一场大雨。可是因为张宝卜难为了雷公，雷公就想劈死他。张宝卜知道雷公的心思，便预先准备了一个大铁笼子放在屋檐下，手里握着一只猎虎的叉子站在笼子旁边等着。当霹雳一声接着一声，青脸雷公两眼射出凶光，手执板斧从空中劈下来的时候，张宝卜急忙用虎叉叉去，一下把雷公叉进铁笼，连笼子一起扛进屋里去。

第二天早晨，张宝卜要到市上去买香料，准备把雷公杀了，腌起来做酒菜。临走时他叮嘱两个孩子说：“记住，千万不要给他水喝。”

张宝卜走后，雷公便在笼子里呻吟起来，装出很痛苦的样子，向孩子们要水喝。年龄大一点儿的男孩说：“爸爸临走时说过，不能给你水喝。”雷公一再哀求说：“我快要渴死了，给我几滴刷锅水也好啊！”年龄小一点儿的女孩见雷公口干舌燥，痛苦难忍，动了怜悯之心，就偷偷地留了一点儿水，给雷公喝了。雷公得了水，立刻有了精神，真是威力无比，法力无边。只见他在铁笼子

「好词好句」
天真烂漫
焦急
•当霹雳一声接着一声，青脸雷公两眼射出凶光，手执板斧从空中劈下来的时候，张宝卜急忙用虎叉叉去，一下把雷公叉进铁笼，连笼子一起扛进屋里去。

「智慧引路」
只有未雨绸缪，防患于未然，才能在灾难来临时处变不惊，胸有成竹地应对，获得成功。

「专家解疑」
叮嘱：再三嘱咐。
呻吟（yín）：指人因痛苦而发出声音。

9

专家解疑

专家智慧解答，排难解疑，扫除阅读障碍。

名师点拨

优秀名师领航，荟萃知识要点，轻松掌握重点、难点。

名家导读

名家引路，撷取文章精华，提炼中心思想。

智慧引路

开启智慧的大门，引领前行，深入思考。

中外神话故事

第一章

创世篇

在远古时代，由于生产力水平低下，人们对世界、自然现象和原始社会的起源和变化都没有科学和客观的理解，于是他们便以贫乏的生活经验为基础，借助想象和幻想把自然力和客观世界拟人化并杜撰成故事，由此便诞生了神话。那么，在古代神话故事中，天、地是什么样子的呢？人类又是如何诞生的呢？让我们一起在本章中寻找答案……

盘古开天辟地

天地玄黄，宇宙洪荒。在非常非常久远的年代，天和地还没有分开，宇宙的景象就只是黑暗混沌的一团，如同一个硕大的鸡蛋。在这个鸡蛋里面，万事万物都混合在一起，混沌一片，是一个杂乱无章的状态。就在这个鸡蛋里面，不知道孕育了多少年之后，产生了创世之神、人类的先祖——盘古。他在这个大鸡蛋中孕育着，成长着，酣睡着，就这样一直睡了一万八千年。

「专家解疑」
洪荒：混沌蒙昧的状态，借指太古时代。
孕育：怀胎生育，比喻既存的事物中酝酿着新事物。

1

中外神话故事

南瓜子，一边把捉到的毒蚂蚁悄悄扔到地下。

三只美洲豹都被她蒙混过关了。到了第四只的时候，因为长着两双眼睛，一双在前，一双在后，发现了她的小动作，一气之下，扑将过去，把她给撕成了碎片。他们把她肚子里的小孩给揪了出来，交给自己的妈妈，叫她吃掉。豹妈妈很可怜这孩子，就把他放进一个大罐子里，装着要煮熟了吃，然后悄悄把小孩藏了起来，偷偷抚育成年，还给他取名叫吉利。

吉利在豹妈妈的看护下，很快就长成了大小伙儿。他十分感激自己的养母，把猎到手的一切都交给她。有一次她向他抱怨说啮鼠把她的南瓜偷吃了，让他射死它。吉利找机会射了啮鼠一箭，只把它的尾巴弄掉了。啮鼠回过头来对他说：“为什么不射杀那些杀害你妈妈的家伙！我又没招惹你，干吗要杀我！”

吉利要啮鼠把话讲清楚，于是啮鼠告诉他，美洲豹是如何杀了他的母亲的经过。“他们连你也会撕碎的，”啮鼠说，“一旦他们知道你还活着的话。”

听了啮鼠的话，吉利十分震惊，暗下决心要替母亲报仇雪恨。

他随时窥测动静，准备下手。真是功夫不负有心人，机会终于来了。等到有一天，美洲豹满载着猎物，一个一个回来的时候，吉利用箭逐一杀死了三只，第四只生着两双眼的美洲豹，看到有箭飞来，连忙躲到一棵大树后面，仰天大叫：“大树保护我！星星救我！月亮帮我！”

「名师点拨」
作者花了大量的笔墨交代主人公吉利的身世，既是为后面的故事情节做铺垫，也是因为这是古代神话作品的一种创作方法：一脉相承，前后连贯。

「好词好句」
招惹
雪恨
•他十分感激自己的养母，把猎到手的一切都交给她。

「哲理名言」
功夫不负有心人。

64

哲理名言

一句名言可以影响人的一生。

轻松提升语文水平，素质阅读，拓展思维

本书文学地位

神话迄今还远没有加以批判的研究；他们已给自己的宗教形象——所有各种精灵——赋予人的样子，但是他们还在野蛮的低阶段，还不知道塑像——所谓偶像。这是一种处在向多神教发展路程中的对大自然与自发力的崇拜。

——德国思想家、革命家　恩格斯

神话是民间文学的诸种体裁的源头，是“部族心理”不自觉的、集体创造的原始结晶。

——德国语言学奠基人　格林兄弟

一般说来，神话乃是自然现象，对自然的斗争，以及社会生活在广大的艺术概括中的反映。

——苏联著名作家、政论家　高尔基

神话是已经通过人民的幻想用一种不自觉的艺术方式加工过的自然和社会形式本身。

——世界无产阶级导师、科学社会主义创始人　马克思

作品速览

神话传说是一个民族和国家宝贵的精神财富，在文学影响和历史研究上都有着非常重要的意义。本书选取了部分经典的中外神话故事，粗略地将它们归为六类，即：创世篇、自然篇、英雄篇、历史篇、古迹篇、逸闻篇。

创世篇主要讲述了开天辟地的故事和人类的起源，宣扬的是一种与恶旧势力做斗争的思想；在自然篇中，神仙们为了改造大自然或追求知识与智慧，凸显出了不畏艰险、不惧牺牲的伟大精神；到英雄篇中时，人们（神仙）开始涉入了政治的纠纷与利益的争夺，无数人（神仙）或通过自己的智慧，或凭借自己的不懈努力，为人类的进步做出了巨大的贡献。而有了英雄们的壮举，历史的车轮自然也会被推动得滚滚前进，所以历史篇中主要讲述了部分伟人（神仙）改造、推动历史的故事；在古迹篇中，本书选取了几处与神话故事相关的名胜古迹，故事的主人公怀着悲天悯人的大爱情怀，无私地为人类谋求福利，而这些流传千载的名胜古迹正是对他们伟大精神的一种歌颂和纪念；而逸闻篇则是收录了感人肺腑或富于启迪的神话传说，作为对全书的补续，宣扬了真、善、美的崇高思想和一种服务大众的无私精神。

本书是面向少年读者的一部精品力作，不仅具有语言凝练优美、深入浅出的特色，而且特意添加了“名家导读”“名师点拨”“专家解疑”“好词好句”“智慧引路”“哲理名言”“重点自测”等内容，对小学生词汇量的积累无疑有非常大的作用。

我们衷心希望小朋友们能够从《中外民间故事》中感悟人生道理，培养出良好的性格，提高自身的修养，使自己不断取得进步！

艺术特征

一、中国神话特征

1. 不论是以战胜自然力为主的神话，还是以战胜人间罪恶为主的神话，都紧紧地围绕着人的生存这个主题。

2. 神话中的英雄人物都充满着激扬的斗志、神异的能力和英雄气概。

3. 不论哪一类神话，都熔铸着热烈的情感，塑造了鲜明的形象，表现出丰富的想象力。

二、外国神话特点

凯尔特神话：

凯尔特神话是在罗马统治时期诞生的，所以英雄与反抗的故事是凯尔特神话的主体。遗憾的是，凯尔特神话在很长一段时间里都是口头流传的，因此流失了很多精彩的故事。别的国家神话中，国王是神的儿子，而在凯尔特神话中英勇的国王将成为神。

希腊神话：

希腊神话发源于爱琴海的克里特岛，内容包括早期的自然崇拜和稍晚时期的偶像崇拜。除了奥林匹斯山的十二主神外，希腊神话中还有许多地位低下的神，古代希腊人就在众神的包围下生活。希腊神话中的神并不完美，他们有时会嫉妒、暴怒、自私，乱伦也是家常便饭。

北欧神话：

北欧神话起源于斯堪的纳维亚半岛，出于对恶劣的自然环境的反映，北欧神话中的神与英雄，有着世界上最强的斗争精神。狂暴战士和英雄死后，会进入瓦尔哈拉神殿，白天喝酒作乐，夜晚操练不息，准备跟恶魔进行最后决战。不过斗争的结果是让人绝望的——他们知道自己将要在世界末日时死去，包括主神奥丁，但是却没有神或英雄愿意屈服于命运，明知必死无疑，却依然奋战到底。让人稍感安慰的是，世界末日不是一切的终结，北欧神话中有一棵生命树，它会带来新的生命和文明，守护世界的大雕也将继续盘旋在最高处。

三、神话故事应具备的条件

1. 它必须是人类演化初期或远古时代的故事。

2. 神话必须是单一的事件。

3. 述说神话的承传者一定得对所述说的内容信以为真。

创作背景

神话是远古人民表现对自然及文化现象的理解与想象的故事。它是人类早期的不自觉的艺术创作。神话并非现实生活的科学反映，而是由于远古时代生产力的水平很低，人们不能科学地解释世界、自然现象和原始社会文化生活的起源和变化，以他们贫乏的生活经验为基础，借助想象和幻想把自然力和客观世界拟人化的结果。

人类最早的故事往往是从神话传说开始的。因为当一个民族渐渐发展，开始对世界和自己的来源问题感到疑惑并做出各种不同的解答时，这正标志着文明的产生。这些形形色色的答案在现代人看来，都是些似乎荒诞不经的神话传说，可是，对当时的人民来说，却是合理的解释。他们对这些“神话”不断进行不自觉的阐释和发挥，一代传一代，他们都坚信这就是宇宙、人类、自然万物的起源。神话反映了原始人对宇宙、人类本身的思考及解释。关于神话，马克思有过很精彩的阐释：“任何神话都是用想象和借助想象以征服自然力，支配自然力，把自然力加以形象化；因而，随着这些自然力的实际被支配，神话也就消失了。”神话是“通过人民的幻想，用一种不自觉的艺术方式加工过的自然和社会形式本身”。因此，神话可以说是人类早期的不自觉的艺术创作。它往往借助想象和幻想把自然力和客观世界拟人化。

知识链接

神话故事作为一种艺术创作，如同后世绝大多数的艺术作品一样，同样也是以现实生活作为基石，展示出高于现实生活的意境。神话故事的内容充满幻想色彩，大多表现出一种积极向上、坚持不懈的精神，在宣扬惩恶扬善的同时赋予了人们哲理性的思考。

主角秀场

● 女　娲

中国上古神话中的创世女神，又称娲皇、女阴娘娘，史料记载，女娲氏是华夏民族人文先始，福佑社稷之正神。以黄泥仿照自己抟土造人，创造人类社会并建立婚姻制度（另说是与其兄长伏羲成婚繁衍人类）；后因世间天塌地陷，于是熔彩石以补苍天，斩鳌足以立四极，留下了女娲补天的神话传说。

● 神农氏

中国古代神话人物，华夏太古三皇之一，是五氏出现的最后一位神祇。神农氏是传说中的医药和农业的发明者。他尝遍百草，并撰写了人类最早的著作《神农本草经》，向世人传授医疗知识。他教人种植五谷、豢养家畜，开创了中国农业社会的结构，让人类结束了以捕猎为生的时代。也因为这两项重要贡献，神农氏被世人尊称为“药王”“五谷王”“五谷先帝”“神农大帝”等，为掌管医药及农业的神祇，不但能保佑农业收成、人民健康，更被医馆、药行视为守护神。

● 奥　丁

北欧神话众神之王，世界的统治者，被视作诸神之王，有“天父”之称。也是死者之王、战神、权力之神、魔法之神。他曾经为了饮得密密尔泉中的智慧之水而以一只眼睛作为交换。为了增强自身的智慧和洞察力，他将自己在树上倒挂了九天九夜，终于取得了卢尼文字，从而拥有更加丰富的知识和更加强大的力量。

● 嫘　祖

因思念出征的父亲，以下嫁白马的戏言让白马去军营将父亲接回了家中。父亲知悉真相后，认为辱及女儿声誉而射杀了白马，她的好友雪花也因而间接被害。后来白马和雪花变化成蚕，嫘祖也成了养蚕的始祖。嫘祖是我们先祖女性中的杰出代表。嫘祖首倡婚嫁，母仪天下，福祉万民，和炎黄二帝开辟鸿蒙，告别蛮荒，功高日月，德被华夏，被后人奉为“先蚕圣母”。

● 宙　斯

克洛诺斯和瑞亚之子，希腊神话中的主神，第三任神王，是奥林匹斯众神之王，统治宇宙的至高无上的主神（在古希腊神话中主神专指宙斯），奥林匹斯的许多神祇和许多希腊英雄都是他的子女。人们常用“神人之父”“神人之王”“天父”“父宙斯”来称呼他，是众神中最伟大的神。

作品影响

神话传说是一个民族和国家宝贵的精神财富，不仅在文学史上有着极其重要的地位，对人类研究早期社会的历史也有着莫大的参考价值。

在文学史上，神话传说是人类出现的最早文学作品，其瑰奇多彩的想象力为后世文学在情节内容的创作方面提供了丰富的题材；其多样化的表达方式与后世文学在体裁、流派上有着直接的渊源关系。

在历史方面，神话传说是研究人类早期社会的经济、政治、文化、习俗等的最重要的文献资料之一，在史学界有着举足轻重的地位。

目录

Contents

第一章　创世篇 / 1

盘古开天辟地 / 1
众神之战 / 5
伏羲女娲兄妹结婚 / 8
创　世 / 11
众神开天辟地 / 15
日月神 / 17
黑夜女神 / 20

第二章　自然篇 / 24

女娲造人补天 / 24
伏羲授鱼 / 28
五座神山 / 31
代达罗斯和伊卡洛斯 / 35
旱神女魃 / 40
龙王输棋 / 44
宇宙树尤加特拉希 / 49
人间新人 / 53

第三章 英雄篇 / 56

沉香救母 / 56
复仇之神 / 61
精卫填海 / 67
日神和达佛涅 / 69
八仙斗花龙 / 74
刑天舞干戚 / 78
潘多拉——宙斯的“礼物” / 80
后羿射日 / 83

第四章　历史篇 / 89

海姆道尔和人类的等级 / 89
钻木取火的传说 / 92
嫘祖养蚕 / 95
酒的来历 / 99
仓颉造字 / 101
酒神狄俄尼索斯 / 104
孟姜女哭长城 / 107

第五章　古迹篇 / 113

鲤鱼跳龙门 / 113
神农尝百草 / 116
将军柏 / 119
夸父山 / 121
湘妃竹的由来 / 125
芦笛藏宝 / 127
瓦尔哈尔宫 / 130
何仙姑与白水寨瀑布 / 134

第六章　逸闻篇 / 140

奥丁旅行人间 / 140
后稷与五谷 / 144
马头琴的来历 / 146
奥丁盗灵酒 / 148
丢卡利翁和皮拉 / 153
月下老人 / 157
美神阿佛洛狄忒 / 161
杜鹃啼血 / 164

第一章
创世篇

在远古时代，由于生产力水平低下，人们对世界、自然现象和原始社会的起源及变化都没有科学和客观的理解，于是他们便以贫乏的生活经验为基础，借助想象和幻想把自然力和客观世界拟人化并杜撰成故事，由此便诞生了神话。那么，在古代神话故事中，天、地是什么样子的呢？人类又是如何诞生的呢？让我们一起在本章中寻找答案……

盘古开天辟地

天地玄黄，宇宙洪荒。在非常非常久远的年代，天和地还没有分开。宇宙的景象就只是黑暗混沌的一团，如同一个硕大的鸡蛋。在这个鸡蛋里面，万事万物都混合在一起，混沌一片，是一个杂乱无章的状态。就在这个鸡蛋里面，不知道孕育了多少年之后，产生了创世之神、人类的先祖——盘古。他在这个大鸡蛋中孕育着，成长着，酣睡着，就这样一直睡了一万八千年。

「专家解疑」
洪荒：混沌蒙昧的状态，借指太古时代。
孕育：怀胎生育，比喻既存的事物中酝酿着新事物。

「名师点拨」
作者平铺直叙，讲述了盘古之所以开天辟地的根本原因，揭示了“不平则鸣”的人生哲理。

「好词好句」
头晕目眩
澄清透明
*巍峨的巨人就像一根柱子一样矗立在天地当中，以免它们重新变回混沌的原始状态。

「智慧引路」
盘古就以自己的身体充当柱子，防止天地再度合为一体。这不仅是一种居安思危的警觉，更是一种舍身成仁的精神。

突然有一天，身体蜷曲在鸡蛋里面的盘古睡醒了。当他睁开眼睛时，发现周围一片漆黑，身处在一团混沌中，非常憋闷。他对自己所处的境况极其不满，不能忍受这与生俱来的黑暗、压抑和混沌的状态，他使出积攒了一万八千年的力量，振臂挥舞，将束缚自己的鸡蛋壳上下一撑，只听山崩地裂似的一声轰然巨响，如大鸡蛋般的黑暗混沌突然破裂开来。然后更加令人头晕目眩的事情发生了：天地开始旋转起来，宇宙中所有轻盈而又清澈的东西逐渐上升，慢慢汇集在一起，变成了飘在天空的云朵；那些沉重而混浊的东西逐渐向下面沉积，慢慢变成了广阔的大地。

这个时候，盘古终于可以顶天立地、自由地舒展四肢并且顺畅地呼吸了。放眼望去，一片豁达开朗，澄清透明，盘古心里十分舒畅。天高地远、辽阔空旷的新天地使盘古体会到了前所未有的轻松愉快。他信步漫游，忽然想：*要是天地再次合并，我岂不是又要生活在一片混沌之中？*想到这里，盘古就想办法保护自己的劳动成果。他站在地上，用手托着天，以防止二者再度合并在一起。

盘古站在天地之间，随着它们的变化而变化。天每升高一丈，地每加厚一丈，盘古的身子也跟着增长一丈。他站在天地之间，智慧超过天，能力超过地。这样又过了一万八千年，天升得高极了，地变得厚极了，盘古的身子也高极了。巍峨的巨人就像一根柱子一样矗立在天地当中，以免它们重新变回混沌的原始状态。

天在不断地变高，地在不断地变厚，就这样，在盘古三万六千岁的时候，天已经高不见顶，地也变得厚不可测，盘古也充满了整个天地。

「专家解疑」
充满：①填满；布满。②充分具有。
老态龙钟：形容年老体弱、行动不灵便的样子。

这是一个毫无生机的世界，孤独的巨人就这样擎天踏地，一直站立着，不知又过了多少时间。这个时候，天地都停止了变化，它们的结构基本定型了，盘古也随着它们而停止了变化。他历经千辛万苦，此时，已是老态龙钟了。他非常辛劳疲倦，终于有一天，盘古倒下来死去了。

「好词好句」
千辛万苦
皎洁
*他的血液变成了川流不息的江河湖海，他的筋脉变成了大地的框架轮廓道路。

就在盘古伟岸的身躯倒下的一刹那，他的整个身体发生了令人惊奇的巨大变化：他的声音变成了轰隆的雷霆和霹雳，眼里的闪光变成了闪电，他的左眼变成了光芒四射的太阳，右眼变成了皎洁明亮的月亮，他的手脚变成了支撑天空的四个天柱，他的五脏变成了五方的名山，他的血液变成了川流不息的江河湖海，他的筋脉变成了大地的框架轮廓道路，他的肌肉变成了田地里的沃土，他的头发和髭须变成了天上数不尽的繁星，他的皮肤和汗毛变成了花草树木，他的牙齿、骨头、骨髓等，都变成了闪光的金属、坚硬的石头、圆亮的珍珠和温润的玉石，成为大地的宝藏，就连身上的汗水，也变为了雨露和甘霖。

「智慧引路」
盘古无私地奉献了自己的身体，其声名也因此而彪炳史册，光耀千古，他这种伟大的精神让每个后人既感且佩。

一句话，盘古已经融入天地之间。*这位伟大的创世者以毕生的精力为我们开创了天地，死后又把身躯的每一部位都奉献给了这个宇宙，完成了生命历程的最后一次升华。*

盘古以自己的天生神力和坚强意志开创了天地，又贡献了自己的一切，使这个新诞生的世界丰富而美丽。盘古孤独地来到这个世界，又寂寞地离开了他所开创的世界，但他给后来的人类留下了幸福的家园。这美丽新世界正在等待着人类的出现。

「好词好句」

无坚不摧

窥视

*盘古孤独地来到这个世界，又寂寞地离开了他所开创的世界，但他给后来的人类留下了幸福的家园。

众神之战

众神之王柯穆·卡门普斯，是一切神祇的创造者，他的两个得力助手：怒神劳和智神斯凯尔，均是各霸一方的众神之长。

怒神劳居住在劳·拉那山顶的圣湖上，统治着那里的众神。其中一位出类拔萃的是大力神拉克，他拥有一双无坚不摧、长而有力的巨臂，常年生活在深碧的湖水之中看守圣湖。他一伸手就可以触摸到圣湖四周耸立的山岩，只要他愿意，他可以把任何一位胆敢窥视圣湖者拖入湖底，成为他的点心。

「专家解疑」

出类拔萃(cuì)：《孟子·公孙丑上》：“出于其类，拔乎其萃。”后来用“出类拔萃”形容超出同类。也说出类拔群、出群拔萃。

劳山诸神经常变成各种猛禽恶兽出湖游玩。劳山北坡圣湖畔的巨谷附近，有一块平坦开阔的原野，那里就是他们游玩嬉戏的地方。

「名师点拨」

作者在这里介绍劳山诸神在此游玩的事情，为下文众神赛“球”的游戏做铺垫，使读者不致产生突兀之感。

智神斯凯尔则是离雅赛姆河谷不远处克拉玛特沼泽地王国的众神之长，当他的属下众神想从泥沼中出来到陆地游逛时，就会变成诸如羚羊、驼鹿、狐狸、郊狼、秃鹰、山鹰和鸽子以及其他一些益兽灵禽的模样。

「好词好句」
相安无事
死去活来
*斯凯尔在克拉玛特的沼泽王国终于无法抵御居高临下的怒神诸将的攻击，遭到灭顶之灾。

多少年来，毗邻的劳和斯凯尔都能和睦相处，相安无事，时常在劳山北坡的那块原野上玩耍。有一次，他们因智勇问题引起了一场纠纷。众神也都争吵不休，打得死去活来。许多年过去，依然难分胜负。

经过无数次战役，斯凯尔在克拉玛特的沼泽王国终于无法抵御居高临下的怒神诸将的攻击，遭到灭顶之灾。斯凯尔被他的敌人挖出了心脏。陶醉在胜利的喜悦之中的劳及其众神决定在劳山举行盛大的宴会和竞技赛。

「专家解疑」
庆贺：为共同的喜事表示庆祝或向有喜事的人道喜。

他们邀请各路神祇前来庆贺。斯凯尔的属下众神自然也不例外。欢庆日的那天，劳宣布竞技活动的第一项是赛球，这球就是从斯凯尔身上挖出的心脏。

斯凯尔的属下诸神心里都明白，只要将心脏放回他们首领的身躯之中，他就会死而复生。于是，他们暗地里商议，要把斯凯尔的心脏夺回来，安放到他的身躯里。

斯凯尔诸神在山地各处躲了起来。驼鹿躲的地方离球赛现场最近，因为他最拿手的是跳跃。羚羊站在林子边，因为他的腿长，跑得最快。其他各兽，都守在劳停放斯凯尔身躯不远的地方隐蔽起来。*斯凯尔诸神以逸待劳，占据了整个山坡的斜坡。*

「智慧引路」
凡事预则立，不预则废，斯凯尔诸神正是因为有周密的计划，所以才能够取得最后的成功。

此刻，劳和他属下诸神围成了一个大圈，把斯凯尔的心脏抛来踢去。每当他们抛球的时候，斯凯尔诸神都要起哄，把赛球的劳的神祇嘲弄一番。

“你们就没有本事抛得再高些吗？”狐狸每次都这样喊，“连小孩子抛得都比你们高。”

「智慧引路」为了夺回斯凯尔的心脏，让他复活过来，狐狸使用激将法，骗得敌人将自己想要的东西抛过来，这是一种智慧的体现。

于是，劳的属下诸神一次比一次抛得更高，斯凯尔诸神仍然起哄，挑逗他们。

劳终于把心球抢到手，使出浑身力气往上抛去，谁也没有他抛得高，扔得远。那颗心直飞到游乐者的圆圈之外。

躲在近处的鹿等待的就是这个时机。他抓起斯凯尔的心脏，顺着山坡往下跑。霎时间，劳的属下呼喊着，向鹿跑过去，他们哪里追得上这只飞毛腿的鹿呢？

「好词好句」尾随不舍 死而复生

*霎时间，劳的属下呼喊着，向鹿跑过去，他们哪里追得上这只飞毛腿的鹿呢？

鹿跑累了，把心转交给等着他的羚羊。羚羊继续往前跑。劳和他的神祇穷追不舍，羚羊把心交给郊狼。狼再传给秃鹰，秃鹰又交给了山鹰，山鹰又交给了鸽子。

鸽子带着心脏飞落到斯凯尔身躯停放的地方，把心安放在他的身躯之中。斯凯尔复活了，重新率领部属和劳开战。

当轻扬的鸽哨传到劳和他的神祇那里时，他们就停止追赶，回到山上的圣湖。斯凯尔率众尾随不舍，战事又重新开始了。在厮杀之中，劳战败身亡。斯凯尔诸神把劳的尸体抬到湖边那高耸的巨石上。为了不让劳死而复生，斯凯尔命令诸神把劳的尸体剁成碎块，然后扔给圣湖里的拉克及其精灵，还骗他们说：

「专家解疑」高耸（sǒng）：高而直地耸立。

“努，这是斯凯尔的脚！”

“这是斯凯尔的手！”

尸体被一块块地扔进湖里，让拉克和他的精灵们美餐了一顿。

他就这样战胜了对手，拯救了自己的生命，并在大神柯穆·卡门普斯的帮助下，平息拉克的愤怒。

劳的诸神祇终于得知湖里的那个头颅就是他们的首领劳之后，就再也没去动他。如今他还露在湖面上，后来的人们把它叫作柯尔东那岛。

劳的幽灵仍然在那块高大的岩石上，注视着湖面。

有时候，当地面和水里的诸神都睡着了，劳就会跳入湖中，尽情地发泄着自己的怒气，拍击湖水，掀起巨浪。在狂风呼啸中，仍能听到他那悲愤的声音。

「好词好句」
平息
注视
* 在狂风呼啸中，仍能听到他那悲愤的声音。

「专家解疑」
怒气：愤怒的情绪。

神话：①关于神仙或神化的古代英雄的故事，是古代人民对自然现象和社会生活的一种天真的解释和美丽的向往。②指荒诞的无稽之谈。

伏羲女娲兄妹结婚

造人、补天的女娲，还有一段与其兄伏羲结婚而繁衍人类的神话。古书上说：女娲是伏羲的妹妹，有的说是伏羲的妻子，说女娲是个女天帝，是辅佐伏羲治理天下的。汉代的一些石刻画与砖画，都可以证明这个古老的神话。这些画像上的伏羲和女娲，腰身以上通常为人形，腰身以下则为蛇躯，两条尾巴紧紧地缠绕在一起。两个人的脸面，或者向着，或者背着。男的手里拿了曲尺，女的手里拿了圆规。或者是男的手里捧着太阳，太阳里面有一只金乌；女的手里捧着月亮，月亮里面有一只蟾蜍（蛤蟆）。还

「名师点拨」
古人诗文中用“金乌”“金乌鸟”比喻太阳，用“蟾蜍”“蟾宫”比喻月亮，就是由此而来。

有的画像在两个人中间还挽着一个天真烂漫的孩子，这无疑是他们的爱子了。

伏羲和女娲既然是亲兄妹，又怎能结婚呢？这里还有一段传说。原来伏羲、女娲还是十来岁孩子的时候，一连旱了六个月没下一滴雨。人们焦急万分，就去求他们的父亲张宝卜。据说这张宝卜会法术，连雷公也斗不过他。于是张宝卜对天上说："三天之内不下雨，我要雷公也跌下来！"果然不几天就下了一场大雨。可是因为张宝卜难为了雷公，雷公就想劈死他。*张宝卜知道雷公的心思，便预先准备了一个大铁笼子放在屋檐下，手里握着一只猎虎的叉子站在笼子旁边等着。*当霹雳一声接着一声，青脸雷公两眼射出凶光，手执板斧从空中劈下来的时候，张宝卜急忙用虎叉叉去，一下把雷公叉进铁笼，连笼子一起扛进屋里去。

第二天早晨，张宝卜要到市上去买香料，准备把雷公杀了，腌起来做酒菜。临走时他叮嘱两个孩子说："记住，千万不要给他水喝。"

张宝卜走后，雷公便在笼子里呻吟起来，装出很痛苦的样子，向孩子们要水喝。年龄大一点儿的男孩说："爸爸临走时说过，不能给你水喝。"雷公一再哀求说："我快要渴死了，给我几滴刷锅水也好啊！"年龄小一点儿的女孩见雷公口干舌燥，痛苦难忍，动了怜悯之心，就偷偷地留了一点儿水，给雷公喝了。雷公得了水，立刻有了精神，真是威力无比，法力无边。只见他在铁笼子

「好词好句」

天真烂漫

焦急

*当霹雳一声接着一声，青脸雷公两眼射出凶光，手执板斧从空中劈下来的时候，张宝卜急忙用虎叉叉去，一下把雷公叉进铁笼，连笼子一起扛进屋里去。

「智慧引路」

只有未雨绸缪，防患于未然，才能在灾难来临时处变不惊，胸有成竹地应对，获得成功。

「专家解疑」

叮嘱：再三嘱咐。

呻吟(yín)：指人因痛苦而发出声音。

里瞪着眼睛，身子动几动，铁笼子哗啦裂开了，雷公从里边腾的一声跳了出来。

雷公从铁笼子里跳出来，心中非常高兴。为了感谢小女娲给他水喝，他在临走时从自己的口中拔掉一颗牙齿，递给伏羲兄妹，对他们说："你们把它小心地种在土地里，等它结果，就摘下来，挖出里面的瓤，一旦大水来临，你们就钻进里面去……"说完便升天而去了。

两个孩子照雷公的话把牙齿种在土里，当天就开花结果，第二天便长成一个又大又圆的葫芦。

「专家解疑」

鹤发(fà)童颜：白白的头发，红红的面色，形容老年人气色好，有精神。也说童颜鹤发。

不久，雷公为报复张宝卜，命令雨神日夜不停地降雨，洪水淹没了平原，淹没了村庄，淹没了高山，一直淹到天上。

当洪水到来时，伏羲兄妹照雷公的话钻进葫芦里，浮在水面上，一直漂到天上。他们告诉雷公，地上的人和动物都淹死了，只有他们兄妹二人活下来了。

一位鹤发童颜的老神仙对雷公很不满意，责备他说："你这样做，叫天下的人都死绝了，以后谁来供奉你呢？"雷公听了，也觉得自己做得太过分了，不由得拱手低头，有些后悔。于是，老神仙便想出个补救的办法，叫伏羲兄妹结为夫妻，再生出人类。

伏羲兄妹说：“我们是兄妹，怎么好结为夫妻呢？要我们结婚，除非能把一根竹子割成一节一节的，再让它接起来。”

神自然是什么都办得到的，那割成一节一节的竹子果然又接上了。竹子原来是无节的，经过这割了又接，就变成有节的植物了。

「名师点拨」竹子为单子叶植物（小朋友以后在生物课上会学到），顶端分生组织持续活动的时间较短，通常竹笋出土时，其顶端分生组织已停止活动，各节和节间已分化完毕，以后的生长主要是居间分生组织（也就是节）的活动结果。

伏羲兄妹结成夫妻两年后，生下一个怪物，是一块磨刀石。两个人非常生气，就把这个磨刀石打碎了，从高山上抛下去。掉在河里的，变成了鱼虾；跌在山头的，变成了鸟兽；落在村庄的，变成了老百姓。从此，天下又有了人和动物。

创　世

最初世界上只有两个区域，一冷一热。这两个区域之间有一条又宽又深的大裂缝，叫作“金侬加裂缝”。当冷热相遇，即当火焰和冰块碰到一起时，烟雾和水蒸气冉冉升腾，随即产生了一个巨人伊米尔，接着又出现了一头专给巨人喂奶的大母牛安德胡妈拉。这母牛吐出的气息有香味，从四个乳房滴下苦涩的奶汁，巨人就吸母牛的苦奶维持生命。吸饱了奶，填满肚子之后，伊米尔躺在冰上，沉入无梦的睡眠当中。

「好词好句」
升腾
苦涩
*掉在河里的，变成了鱼虾；跌在山头的，变成了鸟兽；落在村庄的，变成了老百姓。

在沉睡中，汗从他的左腋滴下，生成一男一女，并且从伊米尔脚下产出个有六个头的畸形巨人，从此霜巨人族便繁衍成群。而母牛则以舔取冰上的盐和白霜维生。

「专家解疑」

繁衍（yǎn）：逐渐增多或增广。

苍穹（qióng）：天空。也说穹苍。

有一天，当它正舔着盐块的时候，突然从盐块中露出带有光泽的长发，长发被火之乡的火焰亮光衬映，显得光耀动人。第二天，现出美丽的男性头部。第三天，雄壮的身躯也由盐块中出现，这就是被称为布里的神祇，神族的祖先。

「好词好句」

光耀动人

激烈

＊最后，布里受到伊米尔的致命一击，倒在冰原上气绝而死，巨人获得了胜利。

＊于是经过震撼宇宙的激战之后，好不容易才把巨人伊米尔杀死。

伊米尔与布里发生战斗，于是巨人族和神族之间的激烈战斗就这样开始了。最后，布里受到伊米尔的致命一击，倒在冰原上气绝而死，巨人获得了胜利。

但是这时布里的儿子布尔娶了女巨人为妻，并生有三子，奥丁、威利和维。这三位神祇为报祖父被杀之仇，继续和巨人作战。

于是经过震撼宇宙的激战之后，好不容易才把巨人伊米尔杀死，奥丁用长枪刺穿了伊米尔的胸部，鲜血喷涌而出变成一片血海，巨人族都在血海中溺死了。

只有一对男女逃过了这场灾难，那六个头巨人的子嗣与其妻，游过血海，逃往世界的另一边，他们在海那一边建立了“巨人之国”，在那里他们繁衍出许多霜巨人，并且发誓永远与诸神为敌。

「名师点拨」

中外神话，很多故事中的情节大同小异，有异曲同工之妙，都反映出了古人丰富的想象力，而这些想象也正是后世文学的起源。

接着奥丁开始创造世界，首先他把伊米尔尸体放入“深渊”的中央，用伊米尔的肉创造了大地，血液变成无涯的海洋，骨骼成为山脉，数不清的毛发变成树木。

奥丁又把巨人的头盖骨凿成苍穹，以脑髓造云，还有霰和雪堆积其中。巨人的尸体不久长出蛆虫，这些蛆虫引起神祇的注意，并赐予他们人形。

神祇继续把巨人的眉毛当作围墙，里面的空间被称作“中庭”，这世界位于“死人之国”和“火之乡”的中间。

「名师点拨」作者用夸张的修辞手法表现出了神的超凡力量，这种带有浪漫色彩的笔法让文章显得更加生动、有趣。

然后诸神由“火之乡”取来火星，放在天空中，创造了太阳、月亮和繁星。日月被安置在战车上，然后诸神挑中了巨人族的一男一女来驾驶。

另外，又命一女巨人“夜”骑黑马奔驰天际，每到早晨就由其儿子“昼”骑着光马接替，这样就有了“黑夜”与“白日”的交替。

「好词好句」
追逐
灵性
*女巨人“夜”骑黑马奔驰天际，每到早晨就由其儿子“昼”骑着光马接替，这样就有了“黑夜”与“白日”的交替。

日月后面被可怕的狼群所追逐，有时咬上了就形成了“日食”和“月食”。狼群总是不舍地追着，总有一天它们终将吞食日月，那便是末日的来临。

创作完成以后，奥丁和他的兄弟就在海岸边徜徉着，欣赏自己的成就。无意间他们发现两根树枝被浪冲到岸上，于是他们就用其中的梣树枝创造出男人来，而另一榆树枝则造出女人。

虽然人类始祖出现了，但有了肉体还是缺少了点灵性，于是奥丁便赐给人类生命和灵魂，威利给了他们理性和动作，维则给他们感情、仪表与语言。

「专家解疑」徜（cháng）徉：闲游；安适自在地步行。

于是这对原本是树枝的男女就成了有爱、有希望、有生、有死的生物，他们便带着诸神赐予的种种居住在“中庭”里繁衍族

群，成为人类的始祖。

众神开天辟地

很久很久以前，主宰宇宙的是卡奥斯神。*这个具有创造天地能力的神，形象却十分难看，是一片黑暗、混浊。*

「智慧引路」人不可貌相，海水不可斗量。这句话告诉了人们不可以貌取人的道理。

卡奥斯生下了埃利沃斯（地府）和尼克塔（黑夜）。这两个后代相结合又生下了太空和白昼。这样他们第一次给天地间带来了光明。

卡奥斯还有一个女儿，叫盖亚。她是万物之母，她先生下了乌拉诺斯（天空）。此后，盖亚同其子结合，生下六男六女，统称为提坦神。盖亚后来又生下三个独目巨汉和三个巨怪。每个巨怪都有一百双手臂，每个手臂上长着一个脑袋。

「专家解疑」洋洋：①形容众多或丰盛。②同“扬扬”。

乌拉诺斯作为天神，高高在上，洋洋自得。可是，不久他就陷入了无穷的忧虑之中。他看到后代的力量大大超过了自己，十分担心有朝一日被子女们推翻。乌拉诺斯终于下定决心“除害”：他把所有的子女，包括巨汉巨怪都打入地府，囚禁起来。

这一切使盖亚十分伤心，也激起她的愤慨。她决心进行报复。她制作了一把锋利的镰刀，然后去找关在地府中的孩子们，怂恿他们用这把镰刀去砍乌拉诺斯，使他失去生育能力。孩子们你看我、我看你，犹豫不决。唯独最小的儿子克罗诺斯站出来，接过

「好词好句」
高高在上
忧虑
*她制作了一把锋利的镰刀，然后去找关在地府中的孩子们，怂恿他们用这把镰刀去砍乌拉诺斯，使他失去生育能力。

镰刀，离开地府，藏在大地的一个角落里。他看到父亲乌拉诺斯走过来，拥抱着尼克塔，不停地说着甜言蜜语。这时候，克罗诺斯呼地跳了起来，扑向父亲，左手举起镰刀，“咔”的一声砍入乌拉诺斯的下腹部，鲜血从伤口一滴一滴流出。乌拉诺斯倒下了，从此变成了无性的神灵。克罗诺斯反叛成功，理所当然地取代了父亲做了天上的王。

「专家解疑」
甜言蜜语：为了讨人喜欢或哄骗人而说的好听话。

乌拉诺斯的六对儿女双双婚配，生了许多后代。其中赫利奥斯为太阳神，塞勒涅为月神。*阿特拉斯力大无比，负责站在世界的最西边——地府塔尔塔罗斯的入口处，用头和两只有力的大手擎着天空，使天空永远不坍塌。*地府在地下很深的深渊中，它与地面之间的距离同地面与天空之间的距离相同，都是九天九夜才能到达。这就是说，从地府入口扔一个铜块，要在九天九夜之后才能落到深渊中。地府四周是用黄铜铸造的墙壁，门也是铜质的，紧紧地关闭着。墙外还有一片隔离带，漆黑一片。穿过它要走三个昼夜。在这一片黑暗之中，又有许多灵魂干扰，导致来者迷途。所以不论是谁，一进入地府就难以找到出路。地府的门口，由一只三个头的恶狗守着。有人进来时，它便高兴地摇头摆尾；如果谁想出去，它便一口把他吃掉。

「智慧引路」
阿特拉斯正是因为有无穷的力量，所以才能够“顶天立地”，盘古也是用类似的方法使天地分明的，可见一个人的能力越大，身上的责任也就越大。

「好词好句」
干扰
巩固
*有人进来时，它便高兴地摇头摆尾；如果谁想出去，它便一口把他吃掉。

克罗诺斯当了天王之后，为了巩固自己的统治，把其他几个哥哥姐姐都打入地府。不仅如此，他也陷入了其父当年的忧虑之中。他害怕自己的后代长大以后起来造反，把他推翻。*每当妻子*

瑞亚生下一个孩子时，他就立刻抢过来，把孩子活活地吞到肚子里去。这样，他接连吞吃了三个女儿和两个儿子，使瑞亚陷入万分痛苦之中。

「智慧引路」
虎毒不食子。克罗诺斯为了巩固自己的地位，不仅将哥哥姐姐都谋杀了，现在连自己刚出生的儿子也不放过，这种残忍的行为与禽兽无异。

日月神

在混沌初开的时候，天地一片昏暗，没有一丝光亮。

于是众神聚集在特奥蒂华冈，商量选派哪一位神祇去把宇宙照亮。这时，有位叫乔吉卡特利的神祇，自告奋勇地对众神说：“我去把宇宙照亮吧！”

众神又提出，还有谁愿意去照亮宇宙。诸神面面相觑，无人敢应承，谁都没有这个胆量和能耐，于是都拒绝了。

「专家解疑」
自告奋勇：主动地要求承担某项艰难的工作。
胆量：不怕危险的精神；勇气。

有位叫纳纳华冈的神祇整天病恹恹的，诸神都不把他放在眼里。此刻，他正一言不发地倾听着诸神的议论。突然有一位神祇向众神提议说：“纳纳华冈，你愿意接受这项使命吗？”

他欣然表示服从，说：“很乐意接受众神的差遣，就这样一言为定吧！”

两位被挑选出来的神祇立刻参加了忏悔祈祷仪式，这个仪式连续举行了四天之久。他们在如今称之为众神之山的特奥蒂华冈山上点起一堆篝火，大神乔吉卡特利献上了珍贵的供品：他献上的不是鲜花，而是一束凯瑟利鸟的美丽羽毛；他献的不是稻草扎

「好词好句」
面面相觑
差遣
* 两位被挑选出来的神祇立刻参加了忏悔祈祷仪式，这个仪式连续举行了四天之久。

「名师点拨」作者用排比的方法不仅增强了语句的气势，使句子更具感染力，而且还能更生动地说明供品的珍贵和特别。

的小球，而是金子制成的大球；滴血祭时，他用的不是龙舌兰的刺，而是尖端嵌着宝石的红贝壳磨成的针刺，上面沾满了他的鲜血；他供奉的香树脂也是最上等的。

病神纳纳华冈供奉的不是树枝，而是九根芦苇、九根稻草制的小球以及溅满他鲜血的龙舌兰刺。他没有香树脂，他的供品只是身上的伤痂和脓水。

于是，诸神启动神力大魔法为两位神祇建造了一座金字塔。他们在金字塔上举行了四天四夜的祈祷仪式，在这里的四周摆满了树枝、鲜花和供品。

「专家解疑」子夜：半夜。踌(chóu)躇(chú)：①犹豫。②停留；徘徊不前。③得意的样子。

次日晚间，子夜过去不久，仪式正式开始。乔吉卡特利身上披着羽毛制成的豪华大氅，穿着软布缝制的上衣，纳纳华冈头戴纸冠，大腿上缠着带子，连他的斗篷也是纸质的。

众神围在篝火的四周，分成两列。两位被挑选出来的神祇过来，站在诸神行列的中央，面向篝火。诸神对着乔吉卡特利高声喊道："乔吉卡特利，投入火中！"

「好词好句」勇气 面临 *不等诸神说完，他便把双目一闭，一跃而起，投身在火中，顿时响起了噼里啪啦的声音。

乔吉卡特利很想投入火中，但火堆如此之大，火势如此之旺，他吓得后退了一步。他鼓足勇气，打算投入火中，但一旦面临大火，他又开始踌躇不前。如此重复了四次依然没有成功。

于是，诸神转向纳纳华冈，大声喊着。

不等诸神说完，他便把双目一闭，一跃而起，投身在火中，顿时响起了噼里啪啦的声音。乔吉卡特利见另一位已经投身入火，正在燃烧中，于是也使劲一跳，飞身入火。

当时，有一只刚好从上面飞过的鹰也被熏得掉在了火堆里，它的羽毛到现在都是黑黑的。从旁掠过的美洲豹被火星溅得满身都是，所以它的皮毛还留着黑亮黑亮的斑点。

诸神坐下等待，他们相信纳纳华冈很快就会腾上天空。他们等了许久，忽然天空现出万道红光，终于看到了朝霞。诸神跪倒在地迎接纳纳华冈的驾临，但他们并不知道太阳会从哪个方向升起，他们分成四组面向四方的天际跪拜，因为朝霞是从四面八方把它的光芒洒满人间的。只有几位神一直凝望着东方，他们深信，太阳会从东方升起。

当太阳升起的时候，它是鲜红的，摇摇晃晃的，谁也不敢正眼看它，它那强烈的光芒直射人间，使人眼花目眩。很快，月亮也升起来了，跟在太阳的身后，就像他们当初投火的顺序一样。

当时的太阳和月亮一样明亮，怎么办？他们应该各自放射不同的光芒才行。于是一位头脑灵巧的神便把一只兔子扔在了乔吉卡特利的脸上。月亮变暗了，失去了它的一部分光芒，成了现在的模样。

太阳升到众神的头顶上空时，突然停着不走了。诸神急了：“这样下去，咱们不是会被烤焦了吗？岂还有命在？”*诸神中有一位名叫肖洛特利的双生子神怕得要死，他大哭着向太阳神纳纳华冈祈求活命，直哭到双眼流不出眼泪。*只有面朝东方的诸神献身变

「好词好句」
迎接
摇摇晃晃
*从旁掠过的美洲豹被火星溅得满身都是，所以它的皮毛还留着黑亮黑亮的斑点。

「名师点拨」
作者把朝霞拟人化，使语句变得活泼起来，表达出了人们对朝霞的渴望和喜爱之情。

「智慧引路」
肖洛特利胆小如鼠，为了活命不惜向纳纳华冈摇尾乞怜，这种贪生怕死的行为极为可耻，小朋友们不可向他学习。

「专家解疑」
怯懦（nuò）：胆小怕事的样子。
依然：①依旧。②仍然。

成强大的风神吹过，把怯懦的众神的生命带走了。当夺取诸神生命的风神走到肖洛特利身边时，肖洛特利拔腿就跑，躲进玉米地里变成双秆玉米的内芽，如今的人们把这种玉米称为肖洛特利；风神在玉米芽里找到他，他又跑到龙舌兰那里，变成一棵双茎龙舌兰，人们叫他麦肖洛特利；风神又在龙舌兰那里找到他，他投入水里，变成鱼儿，人们把他叫作阿肖洛特利。风神掀起巨浪把他卷了上来，把他逮住，杀了。

「好词好句」
自私自利
阴暗潮湿
*风神便使劲地吹，吹动天体移动，并且按自己的轨道奔跑起来。

自私自利的诸神被杀死了，太阳依然原地不动。风神便使劲地吹，吹动天体移动，并且按自己的轨道奔跑起来。不过月亮还在那里等太阳走完了自己的路，他才往前走。他们就这样在不同时间里露面，光照人间。

黑夜女神

「智慧引路」
勇敢而无私的人为了谋求大众的福利，不惧艰难险阻，甚至是牺牲自己的生命。这种舍己为人的精神值得每个人学习。

在宇宙洪荒时代，日夜不分，所有的人都无法睡觉。*有一个叫作原冉的人听说，黑夜女神被毒蛇苏鲁古古和她的亲戚霸占了。于是，他对自己的族人说：“我去替你们把黑夜找回来！”*

他带着弓箭上路，来到苏鲁古古阴暗潮湿的家，对她说：“你愿意让我用弓箭来换取黑夜女神吗？”

“小伙子，我连手都没有，要弓箭何用？”苏鲁古古干笑着说。

没法子，原冉只好再去寻找别的东西。不久，他带来了一个铃铛，对她说："怎么样，我把铃铛给你，你把黑夜女神还给我？"

"小伙子！"苏鲁古古说，"我没有脚，你帮我把铃铛系在尾巴上好了，让我在需要的时候可以摇响它！"

从此以后，响尾蛇一生气，就会把尾巴摇得叮叮作响，向人发出警告。不过，苏鲁古古还是不愿交出黑夜女神。于是，原冉决定去找些毒药来，也许苏鲁古古会用得着它。果真，苏鲁古古一听说毒药就来了精神，马上换了一副面孔，说："那就一言为定，拿毒药交换黑夜。"

「名师点拨」
作者以丰富的想象力向读者解释了响尾蛇的由来，使故事生动合理，充满了趣味性。

她把黑夜女神装在摇篮里，交给原冉。

原冉的族人看到他从苏鲁古古那儿回来，还带着一只篮子，上纷纷跑来问道："你真的把黑夜女神带回来了吗？"

"拿回来了，"原冉回答说，"不过苏鲁古古交代过，在到达房子以前，月亮升起的时候，千万不可把篮子揭开。"

可是，他的伙伴穷追不舍，嚷着要看看黑夜女神是啥模样。原冉终于违背了约定，把篮子打开了。

黑夜女神从里面飞出来的刹那间，天地变得一片漆黑，人们还是没看到女神的模样。可是黑暗笼罩了回家的路，人们恐惧到了极点，呼喊着，四下逃窜……

只留下原冉孤零零的一个人，留在茫茫的黑暗之中。他大声呼喊："月亮，你在哪里？"

「好词好句」
纷纷
孤零零
*黑夜女神从里面飞出来的刹那间，天地变得一片漆黑，人们还是没看到女神的模样。

「专家解疑」
违背：违反；不遵守。

「好词好句」
亲戚
无心
* 原冉的伙伴在他的尸体上搽满药汁，原冉才重新活了过来。
* 于是搜罗了人世间所有丑恶的东西，掺上日尼班树浓黑的液汁泼洒在黑夜女神的衣服上，使她变得更加浓黑。

「哲理名言」
丑恶之事总是在黑夜滋生。

这时，苏鲁古古的亲戚们围住了原冉，苏鲁古古的妹妹扎拉拉克还在他的脚上狠狠地咬了一口。

原冉猜到，这是扎拉拉克咬的，便大声说：“扎拉拉克，你等着，我的伙伴会找你报仇的。”然后就倒地死了。后来，月亮升起来了，黑夜女神又被蛇族拐走了。原冉的伙伴在他的尸体上搽满药汁，原冉才重新活了过来。

原冉再次给苏鲁古古带去大量的毒药作为交换。

苏鲁古古为了让人们无心找她妹妹报仇，于是搜罗了人世间所有丑恶的东西，掺上日尼班树浓黑的液汁泼洒在黑夜女神的衣服上，使她变得更加浓黑。

这就是为什么每到夜晚，我们便感到腰酸背痛，喉咙发紧的原因；也正是丑恶之事总是在黑夜滋生的缘故。

名家品评

很多神话故事流传万代，经久不衰，它们不仅激发人们努力向上，鼓励人们同自然和恶势力做斗争，还能在为人处世方面给人以智慧和启迪。小朋友阅读神话故事，徜徉在远古人类的生活之中，了解他们的生存、生活史，在扩大阅读视野、填充自己的知识宝库的同时，还应结合自身、从古人的性格中取长补短，不断完善自己，努力使自己成为一个优秀的少年。

阅读思考

1. 盘古死后他身体的各个部位分别变成了什么？
2. 洪水淹没平原之后，伏羲和女娲是如何躲过灾难的？
3. 苏鲁古古为什么说自己没有手？

第二章
自然篇

世界上出现了人类之后，人们便会想方设法去改造世界，给人类的生活环境营造一个好的氛围，那么，那些具有超凡能力的神仙们对人类改造大自然提供帮助了吗？洪荒来临时，人间尸骨如山，女娲娘娘炼石补天以消灾解难，而宙斯却又是为了什么而向人间降下灾难、几乎导致人类灭绝？为什么同样都是神仙，对待世人的态度却有着这么大的差距呢？

女娲造人补天

「好词好句」
游历
羡慕
＊她热爱树木花草，然而她更加陶醉于那些更活泼、更富有朝气的鸟兽虫鱼。

女娲是一个人身蛇尾的女神。盘古开天辟地以后，她就在天地间到处游历。

女娲滑行在大地上，羡慕盘古身体上那些优美结构，她热爱树木花草，然而她更加陶醉于那些更活泼、更富有朝气的鸟兽虫鱼。在把它们打量了一番后，女娲认为盘古的创造还算不上完整，鸟兽虫鱼的智力远远不能使她满足。她要创造出比任何有生命之物都要卓越的生灵。这样，世上就有了能主宰和管理万物的生命，也就不会仅仅只是野草漫山、野兽成群、飞禽成帮，世界也就不会寂寞和荒凉了。

于是，当女娲沿着黄河滑行，低头看见了自己美丽的影子时，不禁高兴起来。她决定用河床上的泥按照自己的形貌来捏泥人。女娲心灵手巧，不一会儿就捏好了好多的泥人。这些泥人几乎和她一样，只不过她给他们做了与两手相配的双腿，来代替蛇尾巴。女娲朝着那些小泥人吹口气，那些小泥人便被灌注了活力，“活”了起来，变成了一群能直立行走、能言会语、聪明灵巧的小东西，女娲称他们为“人”。女娲在其中一些人身上注入了阳气——自然界一种好斗的雄性要素，于是他们就成了男人；而在另外一些人身上，她又注入了阴气——自然界一种柔顺的雌性要素，于是她们便成了女人。这些男男女女围着女娲跳跃、欢呼，给大地带来了生机。

*女娲想让人遍布广阔的大地，但她累了，做得也太慢了。于是，她想出一条捷径。*她把一根绳子放进河底的淤泥里转动着，直到绳的下端整个儿裹上一层泥。接着，她提起绳子向地面上一挥，凡是有泥点降落的地方，那些泥点就变成了一个个小人。女娲就这样创造了布满大地的人类。

为了使人类绵延不绝，女娲为人类建立了婚姻制度，让男女

「好词好句」

满足

卓越

*这样，世上就有了能主宰和管理万物的生命，也就不会仅仅只是野草漫山、野兽成群、飞禽成帮，世界也就不会寂寞和荒凉了。

「专家解疑」

心灵手巧：心思灵敏，手灵巧，形容人聪明能干。

「智慧引路」

思路就是出路，只要肯想办法，就绝对没有解决不了的困难。小朋友们在遇到问题时要向女娲娘娘学习，多动脑筋，努力寻找解决问题的方法。

互相配合，生儿育女，使人类能繁衍至今。

「好词好句」
幸福美满
震荡
*洪水漫过两岸，地下的水流也从其他隙缝中喷涌出来，淹没了大地，人们生活的地方变成了一片汪洋大海。

女娲的儿女们在大地上幸福美满地生活着。可是，“天有不测风云”。有一年，水神共工和火神祝融打仗，共工被祝融打败了。他气得用头去撞西方的不周山，结果将这座撑天的大柱撞塌了，半边天塌了下来，天上出现了一个巨大的窟窿，大地也被震荡得多处破裂。裂口中爆发出的火焰燃烧着人们的房屋和农作物。洪水漫过两岸，地下的水流也从其他隙缝中喷涌出来，淹没了大地，人们生活的地方变成了一片汪洋大海。

女娲满怀恐惧地望着成千上万的人饿死和淹死。她决心要拯救她的孩子们，化解她的儿女们的灾难。女娲到黄河边，挑选了

许多五彩缤纷的石头，把它们放在熔炉里熔化，再用这些熔化的液体把天上的洞补起来。女娲不停地补呀补呀，九天九夜过去了，天空终于补好了，大地放晴了，天边出现了五色云霞。现在雨过天晴后出现的彩霞，就是当年女娲用五彩石炼成的呢。

「好词好句」
五彩缤纷
雨过天晴
*天空比以前更灿烂绚丽，女娲欣慰地笑了。

天补好了，天空比以前更灿烂绚丽，女娲欣慰地笑了。可是，她还是不放心，又从东海捉来一只万年的巨龟，斩下它的四足，把它们用作擎天柱，分别竖在大地的四角，撑住了天地的四方。接着，这位仁慈伟大的母亲，又把大量的芦葭烧成灰，填平了地上洪水泛流的沟壑。就这样，人们可以安居乐业地生活了，人类终于摆脱了灾难，大地上又出现了祥和欢

乐的气氛，人们更加幸福地生活着。

女娲创造了人类，因而被人们称为人类始祖——“女娲娘娘”。她为她创造的人们的幸福不懈地付出、努力着，因此，她的名字被后人铭刻在心上。

「专家解疑」铭(míng)刻：①铸在器物上面或刻在器物、碑碣等上面的记述事实、功德等的文字。②铭记。

伏羲授鱼

伏羲兄妹创造了人类以后，世间一天比一天热闹起来了。可是，那时候的人跟我们现在的人大不相同。那时候人不晓得种庄稼，一天到晚只晓得打野物，吃的就是野物的肉，喝的就是野物的血。**野物打得少，就少吃一些；打不到，就饿肚皮。**在那个时候吃饭成了一个大问题。

「名师点拨」穷则思变，变则能通，通则能久。作者在这里大力渲染人类不如意的凄惨生活，为后文伏羲授鱼的故事做铺垫。

伏羲看到这个光景，心里很难过。他想：要是老这样下去，岂不是要饿死一些人吗？***他左思右想，想了三天三夜，都没有想出个可以解决儿孙们吃饭问题的办法。***到了第四天，他到河边一边转悠，一边想办法。走着走着偶尔抬头一看，看见一条又大又肥的鲤鱼，从水面上跳起来，蹦得很高。一会儿，又有一条鲤鱼跳起来；再隔一会儿，又是一条。这下子就引起了伏羲的注意。他想：这些鲤鱼又大又肥，弄来吃不是很好吗！他打定主意，就下河去抓鱼，没费多大工夫，捉到一条又肥又大的鲤鱼。伏羲欢喜得很，就把鲤鱼拿回家去。

「智慧引路」面对困难和不良现状，当事人应该努力去改变，而不是得过且过。子孙们不思进取，让父辈忧心如焚，这不仅是一种堕落，更是不孝的表现。

伏羲的儿孙们看见伏羲捉来了鱼，也都欢欢喜喜地跑来问长问短。*伏羲把鱼撕给他们吃，大家吃了，都觉得味道不错。*伏羲向他们说："既然鱼好吃，以后我们就动手捉鱼，好帮补帮补生活。"儿孙们当然赞成，当下都跑到河里去捉鱼。捉了一个下午，差不多每人都捉到了一条，还有捉三四条的。这下子大家都欢喜得了不得，把鱼拿回去美美地吃了一顿。伏羲又打发人给住在别的地方的儿孙们送信，喊他们都来捉鱼吃。

「智慧引路」
有了好东西就应该和亲人、朋友一起分享，这是爱心的体现，小朋友应该向伏羲学习，不计私利，珍惜与亲人们之间的感情。

这样，没到三天，伏羲的儿孙们都学会捉鱼了。

偏偏好事多磨。在第三天上，龙王忽然带了龟丞相跑来干涉，他恶声恶气地对伏羲说："哪个叫你来捉鱼的？你们这么多人安心要把我的龙子龙孙们都捉完吗？赶紧给我停止！"

伏羲没给龙王的话吓倒，他理直气壮地反问龙王："你不准我们捉鱼，那我们吃什么？"

「好词好句」
干涉
理直气壮
*龙王本来是个欺软怕硬的家伙，听伏羲这么一说，心里果然害怕。

龙王气冲冲地说："你们吃什么，我管得到？就是不准你们捉鱼。"

伏羲说："好，不准捉，我们不捉；以后没有吃的我们就来喝水，把水喝得干干的，让你们所有的水族都干死！"

龙王本来是个欺软怕硬的家伙，听伏羲这么一说，心里果然害怕。他怕伏羲和他的儿孙们真来把水喝干，自己的命就难保了。想让他们捉吧，又实在回不过口来。正在进退两难，龟丞相凑到龙王耳朵边上，悄悄向龙王说："你看这些人都是用手捉鱼，你

「专家解疑」
气冲冲：状态词。形容非常生气的样子。
进退两难：进退都不好，形容处境困难。

「好词好句」
规矩
不慌不忙
＊龙王以为伏羲上了当，便带着龟丞相高高兴兴地回去了。
＊左一道线，右一道线，一会儿就把个圆圆的网子结好了。

就和他们定个规矩：只要他们不喝干河水，就让他们捉去，但是不许用手捉。他们不用手就捉不到鱼。这下子既保下了龙子龙孙，又保住了龙君你的性命，让他们看着河水干瞪眼，该多好呢！”

龙王一听这话，高兴得哈哈大笑，转过脸来向伏羲说：“只要你们不把水喝干，你们要捉鱼就来捉吧，可是得遵守这么个规矩，就是不能用手捉。你们若是答应，就算是说定了，以后双方都不准反悔！”

伏羲想了想，说：“好吧。”

龙王以为伏羲上了当，便带着龟丞相高高兴兴地回去了。伏羲也带着儿孙们回去了。

「智慧引路」
面对困难应该像伏羲一样锲而不舍，努力去寻找解决问题的方法，任何逃避和退缩，都不会让问题得到解决。

伏羲回去以后，就想不用手捉鱼的办法。他想了一个通宵，第二天又想了一个上午，还是没有把办法想出来。到了下午，他躺在树荫下，眼望着天，还在想。

这时候，他看见两根树枝中间，有个蜘蛛在结网。左一道线，右一道线，一会儿就把个圆圆的网子结好了。蜘蛛把网结好就跑到角落里躲了起来。过了一会儿，那些远远飞来的蚊子呀、苍蝇呀都被网子网着了。蜘蛛这才不慌不忙地从角落里爬出来饱餐一顿。

「名师点拨」
伏羲从蜘蛛结网的事情中到底悟到了什么？这句话总领下文，吸引了读者的阅读兴趣，也加强了文章的结构性。

伏羲看见蜘蛛结网，心里突然开了窍。他跑到山上找了一些葛藤来当绳子，像蜘蛛结网那样，把它们编成了一张粗糙的网，然后又砍了两根木棍十字形绑到网上，又拿了一根长棍绑到中间，网就做好了。他把网拿到河边往河里一放，手握长棍在岸边静静地等候着，隔了一会儿，把网往上一拉，*哎哟，网里净是些欢蹦乱跳的鱼。这个办法真是好用，比起用手捉不但捉得多，人还不用下水了。*伏羲就把结网的方法教给他的儿孙们。从此以后，他的儿孙都晓得用网来打鱼了，再也不缺吃的了。一直到现在人们还是用网来打鱼。

「智慧引路」
用网捕鱼比徒手捉鱼不仅更加省事，而且还能获得更好的收效，这说明解决问题只要用对了方法，就会事半功倍。

龙王看见伏羲用网来打鱼，气得干着急。因为他们并没有用手捉鱼呀！龙王如果反悔，不但话不好说，还怕惹得伏羲和他的儿孙们起了火，真来把水喝干了。龙王坐在龙宫里急呀急的，就把一对眼睛急得鼓出来了。所以后来人们画的龙王像，眼睛都是鼓起来的。那个不知趣的乌龟，看到龙王急得那个样，还想替龙王出个主意，哪晓得刚刚爬到龙王肩膀上，嘴巴凑到龙王耳朵边，一句话还没说出来，就被龙王一巴掌打到面前公案上的墨盘里。乌龟在墨盘里翻了个身，染了一身墨汁。所以现在乌龟身上乌漆漆的，就是被龙王打到墨盘里染的。

「好词好句」
太平
塌陷
*龙王如果反悔，不但话不好说，还怕惹得伏羲和他的儿孙们起了火，真来把水喝干了。

「专家解疑」
知趣：知道进退，不惹人讨厌。
迸(bèng)发：由内而外地突然发出。

五座神山

人类的始祖女娲造人之后，一向太平无事。忽然有一天，天地大冲撞，天上崩开一个巨大的裂口，地面也爆裂塌陷，烈焰从地心迸发，焚毁森林；洪水从渊底喷涌，漂走山岭；妖魔鬼怪，

恶禽猛兽，趁机肆虐。人类陷于水深火热之中。

女娲听到人类的求助声，她先杀死妖魔鬼怪和恶禽猛兽，然后平息了水患，接下来进行伟大的补天工程。

女娲到各个地方收集芦柴，搬运到天的裂口处，堆积得与天一样高，接着去寻找与天一样颜色的青石，由于地上没那么多，只好再捡些白石、黄石、红石和黑石，放在柴堆上面。趁从地心迸发的大火还没有全部熄灭，她用一棵大树点燃芦柴，火焰忽地蹿起，照亮了整个宇宙，五色石都被烧得通红。慢慢地，石块熔化了，像糖浆似的流淌在天的裂缝中。等芦柴快烧完的时候，天上的大裂口就补好了。

尽管残破的天地被女娲修好了，但并不能恢复原来的形状。西北方向的天空略有点倾斜，所以太阳、月亮都不自觉地往那边跑；东南方向的大地，陷下去一个深坑，所以大川小河里的水，也都不由自主地朝东南方向流，大量的水积在那里，就形成了海洋。

在渤海的东边，有一个深不见底的大深沟，名叫“归墟”。无论是地上的水，还是海里的水，都往这里流。“归墟”里的水，却总保持同样的状态，既不会增加，也不减少，因此不会溢出来淹没人类。

“归墟”里面有五座神山，就是“岱舆”“员峤”“方壶”“瀛洲”“蓬莱”，每座神山高一万里，山与山之间是七万里。山上有黄金打造的宫殿，有玉石雕刻的栏杆，许多神仙住在这里。

「好词好句」
水深火热
深不见底
* 趁从地心迸发的大火还没有全部熄灭，她用一棵大树点燃芦柴，火焰忽地蹿起，照亮了整个宇宙，五色石都被烧得通红。

「名师点拨」
“糖浆”是美好而鲜甜的，作者以“糖浆”比喻天空经过女娲娘娘修补之后是非常美丽的，让苍生万物感到了甘甜。

「专家解疑」
状态：人或事物表现出来的形态。
淹没（mò）：（大水）漫过；盖过。

「名师点拨」 作者以丰富的想象力给居住在山上的神仙们塑造了一个“世外桃源”，让人们萌生出憧憬之感，同时也与后面发生的悲剧形成鲜明的对比。

神山上的所有飞禽走兽都是白色的，山上还有许多奇特的树，这些树结的果实是美玉和珍珠，味道非常好，凡人吃了可以长生不老。神仙们都穿洁白的衣服，背上长有小小的翅膀。平时这些神仙们在大海上、碧空下，像鸟一样自由地飞翔，往还于五座神山之间，探望他们的亲戚朋友。神仙们的生活快乐而幸福。

但在快乐幸福的生活中，也有一件小小的烦恼。原来这五座神山都是漂浮在大海中的，下面没有生根，一遇有大风，便会漂浮不定，这给神仙们来来往往造成不便。于是他们派代表向天帝去诉苦。天帝也害

怕几座神山漂到天边去，诸神无家可归，于是吩咐海神“禺强”派十五只大乌龟，去把五座神山用背驮起来。每座神山由一只大乌龟驮着，其余的两只守候在旁边，六万年轮流一次。这样一来，神山稳定了，住在山上的神仙们都欢天喜地。

不料有一年，巨人国“龙伯国”的一个巨人来到“归墟”撒网捕鱼。巨人的身子像神山一样高大，他挥手撒下渔网从海底捕上来六只大乌龟。这六只大乌龟恰好是背驮神山的乌龟。巨人不管三七二十一，背着乌龟回家了。失去乌龟的两座神山“岱舆”“员峤”被风吹到了北极，沉到海里去了。住在这两座神山的神仙们，都慌慌张张地搬家，带着东西在天空中飞来飞去，累得满头大汗。

天帝知道了这件事情，大发脾气，便把“龙伯国”人的身体缩短，以免他们再出去惹事。剩下的三座神山因为有大龟背着，一直没有出什么事，至今还矗立在中国的东部沿海。

「专家解疑」
欢天喜地：形容非常欢喜。

「名师点拨」
巨人国的这个巨人在撒网捕鱼时到底发生了什么事情？作者用“不料”这样的字眼暗示出了下文中必有精彩的故事。

「好词好句」
伟大
赞赏
*剩下的三座神山因为有大龟背着，一直没有出什么事，至今还矗立在中国的东部沿海。

代达罗斯和伊卡洛斯

雅典的代达罗斯是墨提翁的儿子，厄瑞克透斯的曾孙，也是厄瑞克族人。他是一位伟大的艺术家，是位建筑师和雕刻家。世界各地的人都十分赞赏他的艺术品，说他的雕像是具有灵魂的，因为从前的大师创作石像时，都让石像闭上眼睛，双手连着身体，无力地垂落下来。而他是第一个让雕刻的人像睁开眼睛，往前伸出双手，并迈开双腿好像走路一样。可是，*代达罗斯却是一个爱虚荣和爱妒忌的人。这一缺点诱使他作恶，使他陷于悲惨的境地。*

「智慧引路」
爱慕虚荣、贪婪、妒忌本就是噬咬人心的毒蛇，如果不加以克制，最终将会吞噬人的全部灵魂，诱使人铸成无法挽回的错误。

代达罗斯有个外甥，名叫塔洛斯。塔洛斯向他学艺，而他的天分比代达罗斯高，并立志做出更大的成就。还在儿童时代，塔洛斯就已经发明了陶工旋盘，他用蛇的颌骨作为锯子，用锯齿锯断一块小木板。后来，他又依样造了一把铁锯，从而成为锯子的发明者。他还发明了圆规。起初，他把两根铁棒联结起来，然后让其中一根固定位置，让另一根旋转。他是个善于动脑筋的人，还发明了别的巧妙的工具。而这一切都是他独立完成的，没有他舅舅的帮助。因而他出了名，赢得了很大的声誉。代达罗斯担心他的学生会超过他，一股嫉妒之火油然而生，竟阴险地把他从雅典城墙上推了下去，残酷地杀害了自己的学生。代达罗斯在埋葬尸体的时候，十分惊恐，慌里慌张，被人发现了，他谎称在埋一条蛇。可是他仍被指控谋杀，受到希腊雅典最高法院的传唤和审讯，结果被判有罪。

「专家解疑」
油然：①形容思想感情自然而然地产生。②形容云气上升。

「好词好句」
指控
名望
*代达罗斯在埋葬尸体的时候，十分惊恐，慌里慌张，被人发现了，他谎称在埋一条蛇。
*但他逃脱了，惊慌之中，他在阿提喀迷失了方向，流浪多时，最后来到克里特岛。

但他逃脱了，惊慌之中，他在阿提喀迷失了方向，流浪多时，最后来到克里特岛。他找到国王弥诺斯，并在那里住下来。他成为国王的朋友，被当作有名望的艺术家受到了极大的尊重。国王委派他给牛头人身的巨怪弥诺陶洛斯建造一所住宅，要让进去的人都感到晕头转向，迷失方向。代达罗斯头脑灵活，尽心建造了一座迷宫。里面迂回曲折，使进去的人不由得眼花缭乱，双脚不由自主地走到岔道上去。无数的过道互相交错，犹如夫利基阿的密安得河迂回的河水，一会儿顺流，一会儿倒流，又回到它的源头。迷宫造好后，代达罗斯走进去察看，连自己也几乎找不到出口。弥诺陶洛斯就深藏在迷宫的深处。根据古老的规定，雅典城每九年必须给克里特国王送上七名童男童女，作为进贡弥诺陶洛斯的祭品。

「好词好句」
赞誉
信任
*里面迂回曲折，使进去的人不由得眼花缭乱，双脚不由自主地走到岔道上去。

代达罗斯虽然受到赞誉，但因离家日久，总是怀着对家乡的眷恋之情，而且他感觉到国王其实并不信任他，对他缺乏真诚，因此他不愿意在这个孤岛上虚度一生。他想设法逃走。

「专家解疑」
眷恋：（对自己喜爱的人或事物）深切地留恋。

久经考虑后，他高兴地说，弥诺斯虽然可以从陆上和水上封住我的去路，但在空中我是畅通无阻的。他开始收集整理大大小小的羽毛，把最小最短的羽毛拼成长毛，看上去像天生的一般。他把羽毛用麻线在中间捆住，在末端用蜡封牢。最后，把羽毛微微弯曲，看起来完全像鸟翼一样。

「名师点拨」
代达罗斯将羽毛的末端用“蜡”封牢，却将悲剧的种子也一起封在了里面。作者这个不着痕迹的“蜡”字，却是后来悲剧爆发的导火索。

代达罗斯有一个儿子叫伊卡洛斯。这孩子喜欢站在他的身旁，用一双小手帮父亲劳动。父亲任凭他在一旁随意摆弄羽毛，微笑地看着他笨拙的动作。终于一切都完成了。代达罗斯把翅膀缚在身上试了试。他像鸟一样飞了起来，轻轻地升上云天，然后重新降落下来。

他又指教儿子伊卡洛斯如何操纵。他已给他做了一对小羽翼。

“你要当心，”他叮嘱道，“必须在半空中飞行。你如果飞得太低，羽翼会碰到海水，洇湿了会变得沉重，你就会被拽到大海里；要是飞得太高，翅膀上的羽毛会因靠近太阳而着火。”*代达罗斯一边说，一边把羽翼给儿子缚在他的双肩上，但他的手却在微微发抖。*最后，他拥抱着儿子，还给了他一个鼓励的吻。

「智慧引路」因为以前从未用这种方法远行过，所以代达罗斯心里十分紧张，对未来充满的未知的困难感到恐惧，所以他的手发抖。

两个人鼓起翅膀渐渐升上了天空。父亲飞在前头，他像带着初次出巢的雏鸟飞行的老鸟一样，小心地扇着翅膀，不时地回过头来，看儿子飞行得怎样。开始时一切都很顺利。不久他们就到达萨玛岛上空，随后又飞过了提洛斯和培罗斯。

伊卡洛斯兴高采烈，他感到飞行很轻快，不由得骄傲起来。于是，他操纵着羽翼朝高空飞去，可是惩罚也终于来了！太阳强烈的阳光融化了封蜡，用蜡封在一起的羽毛开始松动。伊卡洛斯还没有发现，羽翼已经完全散开，从他的双肩上滚落下去。不幸的孩子只得用两手在空中绝望地划动，可是他浮不起来，一头栽落下去，最后掉在汪洋大海中，万顷碧波把他淹没了。

「好词好句」
兴高采烈
松动
* 不幸的孩子只得用两手在空中绝望地划动，可是他浮不起来，一头栽落下去，最后掉在汪洋大海中，万顷碧波把他淹没了。

这一切发生得很突然，瞬间便结束了，代达罗斯根本没有觉察到。当他再次回过头来时，没有看见他的儿子。“伊卡洛斯，伊卡洛斯！”他预感不妙，大声呼喊起来，“你在哪里？我到哪里才能找到你？”最后，他惊恐地朝下面瞅了一眼。他看到海面上漂着许多羽毛。代达罗斯连忙收住羽翼，降落在一座海岛上，将羽翼放在一边，他睁大眼睛，满怀希望地寻找着。一会儿，汹

「专家解疑」希望：①心里想着达到某种目的或出现某种情况。②希望达到的某种目的或某种情况。③希望所寄托的对象。

涌的海浪把他儿子的尸体推上了海岸。天哪！被他杀害的塔洛斯以此报了仇雪了恨！绝望的父亲掩埋了儿子的尸体。为纪念他的儿子，从此，埋葬伊卡洛斯尸体的海岛叫作伊卡利亚。

代达罗斯怀着悲痛，又继续飞行。他飞向西西里岛，这里是国王科卡罗斯统治的地方。

就像从前在克里特岛上受到弥诺斯的款待一样，他在这里也受到盛情接待，被当作贵客。他的艺术天才使当地居民十分惊喜。他在那里兴修水利，造了人工湖泊，又把湖水顺着河流一直送到附近的大海。在陡峭的山峦顶上，有一块无法攀登冲击的险要地方，连树木也难生长，他在上面建造了一座坚固的城池，修筑了一条羊肠小道盘旋而上，直到山顶。这样的城堡只要三四个人就可以守护，固若磐石。

科卡罗斯国王选择这座难以攻克的城堡存放他的珍宝。代达罗斯在西西里岛上完成的第三件工程是在地面上挖一个深洞。他从洞里巧妙地引取地下火的热气，所以，即使一座潮湿的岩洞，现在也舒适得如同暖室，好像岩洞里安了取暖设备一样，人在慢慢地出汗，却又不显太热。此外，他还扩建了厄里克斯山上的阿佛洛狄忒神庙，给女神献祭了一个金蜂房。代达罗斯精心雕刻，那些小蜂窝几乎达到乱真的地步，跟天然的蜂窝一模一样。

国王弥诺斯听说代达罗斯逃到西西里岛，非常恼怒，决定派出强大的部队，把他重新抢回来。他装备了一支舰队，从克里特

「名师点拨」
卡利亚岛是希腊岛屿，位于爱琴海北部海域，在萨摩斯岛西南19公里。岛名来自希腊神话中人物伊卡洛斯的名字，传说他掉入附近的海中。伊卡利亚岛总面积255平方公里，海岸线160公里，岛上居民8300余人。

「好词好句」
珍宝
潮湿
*这样的城堡只要三四个人就可以守护，固若磐石。

「专家解疑」
乱真：模仿得很像，使人不辨真伪（多指古玩、书法）。

「好词好句」
盛情款待
疲劳
*他的军队上岛以后驻扎下来，然后他派出使者前往京城，要求国王科卡罗斯交出逃亡的代达罗斯。

「专家解疑」
跋涉：爬山蹚水，形容旅途艰苦。

「智慧引路」
亲情在任何人的心中都有着无可替代的位置，亲情一旦缺失，即使获得了再多的物质和再高的荣誉也无法弥补内心深处的缺憾。

一直驶往西西里岛。他的军队上岛以后驻扎下来，然后他派出使者前往京城，要求国王科卡罗斯交出逃亡的代达罗斯。

科卡罗斯听了这异邦君主的蛮横的要求之后非常愤怒。他思量着怎样一举消灭这位来犯的头领。科卡罗斯装作答应他的要求，邀请他赴会商谈。弥诺斯来了，受到科卡罗斯的盛情款待。经过长途跋涉，弥诺斯准备洗个温水澡来消除旅途的疲劳。等他坐在浴缸里时，科卡罗斯让人不断加火升温，直到弥诺斯烫死在沸水里。西西里国王把尸体交给克里特人，说弥诺斯是在洗澡时失足跌入沸水池之中的。克里特的士兵在阿格里根特城郊隆重地埋葬了弥诺斯，并在他的墓旁建造了一座阿佛洛狄忒神庙。

代达罗斯成了科卡罗斯国王的座上客。他在这里培养了许多有名的艺术家，成为西西里岛土著文化的奠基人。他在那里虽然受到敬重和礼遇，*但由于儿子惨死海中，他内心却一直闷闷不乐，晚年时更加忧郁、苦恼。*最后，他死在西西里，并被埋葬在那里。

旱神女魃

旱神女魃是中央天帝黄帝的女儿。虽然黄帝威严无比，可是他的这个女儿却很不受欢迎。

旱神女魃长得很丑，她喜欢穿一件青色的衣服，的头上光光的，没有一根头发。她原来住在系昆山的共工之台上，系昆山位于大荒山的北野，是一个非常偏的地方，她在那儿过着无忧无虑的生活。可是，后来发生的一件事情，改变了她的命运。

「名师点拨」这句话总领下文，拉开了下文精彩故事的序幕，成功地吸引了读者的阅读兴趣。

这件事情就是她的父亲黄帝与蚩尤之间发生的一场大规模的战争。关于这场战争，我们已经多次提到。当战争发生到最激烈的阶段时，黄帝和蚩尤双方的战将各展法术，各尽所能，打得不可开交。战场上血流成河，一片狼藉，双方战士尸体累累，难以数计。

「专家解疑」不可开交：无法摆脱或结束（只做“得”后面的补语）。

后来，蚩尤的风伯和雨师大展神威，刮起了狂风，下起了暴雨。黄帝的士兵被风吹得睁不开眼睛，被雨淋得浑身湿透，四处躲藏。蚩尤的军队趁机大举进攻，杀死了很多黄帝的士兵。黄帝只好收兵回营，准备再想其他计策。黄帝原来本想让自己的属下应龙对蚩尤的军队施以水攻，应龙也已准备好了洪水。但是没有想到，蚩尤的部下风伯和雨师“先下手为强”，抢先对黄帝的军队进行了攻击。应龙的本领在风伯和雨师面前根本无法施展，只好乖乖地躲起来。无奈之下，黄帝派人把自己的女儿从遥远的系昆山上请来帮忙。

「好词好句」故技重演
落荒而逃
* 后来，蚩尤的风伯和雨师大展神威，刮起了狂风，下起了暴雨。
* 女魃的身体似乎是一个巨大的火炉，她口里喷出的热气把周围的一切烤得烫手。

女魃到来后，战场上的局面立刻发生了改变。当风伯和雨师准备故技重演时，女魃来到了空中。她张开双臂，大口地喘着气，只见狂风立刻停止了，雨水都变成了蒸汽，纷纷飘走了。女魃的身体似乎是一个巨大的火炉，她口里喷出的热气把周围的一切烤得烫手。风伯和雨师见女魃的威力如此强大，只好落荒而逃，否则他们真担心自己会被女魃烤化了。黄帝见女魃把风伯、雨师赶跑了，连忙命令军队冲杀过去。蚩尤的军队仓促应战，结果士兵被杀死了很多。后来，黄帝的军队经过种种努力，终于战胜了蚩尤。其中，女魃在战争中发挥了不可替代的重要作用。

「好词好句」
干涸
居无定所
* 黄帝的军队经过种种努力，终于战胜了蚩尤。其中，女魃在战争中发挥了不可替代的重要作用。

可是，女魃也为这次战争付出了惨重的代价。她因为在战争中受到蚩尤军队中妖魔鬼怪的感染，从此再也不能上天了，不能再到系昆山自己的老家去了，只能留在地上。无论她居住在什么地方，那地方都会天气炎热，干旱无雨。许多庄稼都被晒蔫了，河里的水也渐渐干涸了，给人们的生活带来很大不便，因此人们都非常憎恨她。她在任何一个地方住久了，人们都会想办法赶她走。她就这样被人们赶来赶去，居无定所。当然，她在什么地方居住时，人们对她的待遇也很不好，经常用最恶毒、最刻薄的语言来咒骂她。女魃心里也感到很烦恼、很委屈。她也不想给人们带来干旱，可她又没有办法解决这一问题。她的父亲黄帝在战胜蚩尤后，也似乎忘了这个曾经给他帮过大忙的女儿。*也许黄帝本来就不喜欢这个女儿，只是在没有办法时才想起了她，*也许黄帝觉得这个女儿在人间过得很舒服……总之，黄帝对女魃的生活一直没做什么安排，就让她在人间被人们赶来赶去。

「专家解疑」
恶毒：（心术、手段、语言）阴险狠毒。
刻薄(bó)：（待人、说话）冷酷无情；过分苛求。

「智慧引路」
从古至今，只顾眼前利益的人大多都是只顾个人利益的，这种自私的行为严重损害了他人的利益，应该受到道德的批判。

后来，到周朝的时候，后稷的后人叔均向黄帝报告了女魃在人间被人们赶来赶去的情形，黄帝才决定另做安排，让女魃居住在赤水以北的地方，不要在人间到处乱跑。可是，女魃对父亲的安排很不满意，因为赤水之北的地方生活环境太恶劣，到处是黄沙白草，一片荒芜，而且那个地方人烟稀少，整日见不到一个人，生活在那儿实在太孤独、太寂寞了。女魃多次对父亲提出抗议，要求换一个地方，但父亲不予理睬。后来，作为妥协，黄帝答应女魃每年可以到人间去转一圈，但在一个地方不能停留太长时间。女魃只好答应了，这样总比整年居住在那荒芜的地方好一些。

「好词好句」
妥协
荒芜
*而且那个地方人烟稀少，整日见不到一个人，生活在那儿实在太孤独、太寂寞了。

于是，每年女魃都要到人间去，人间总免不了旱情。每当女魃在一个地方居住久了，人们就会把水道开好，把沟渠挖通，然后虔诚地祷告说："旱神啊，你赶快到北方去吧，北方才是你的家。现在车马给你备好了，请你赶快回家吧！"如果女魃此时心情比较好，她就会很爽快地答应人们的请求，赶紧离开。如果女魃此时心情不好，或者她在这个地方还没有玩畅快，她就会继续住在这个地方。

「专家解疑」
虔诚：恭敬而有诚意（多指宗教信仰）。
爽快：①舒适痛快。②直爽；直截了当。

当然，如果用这个办法赶不走女魃，人们还可以运用另一种办法。那就是找一个女巫，把她装扮成女魃的模样，然后用一乘用树枝、藤萝等编成的轿子抬着女巫游行，人们在女巫的轿子旁敲锣、打鼓、歌唱。轿中的女巫也两眼望天，口里喃喃地祷告着。*女魃看到人们如此尊敬她，就会离开这地方。如果女魃再不离开，人们就会把女巫放到炎炎的烈日下去晒日头。女魃看到自己的替身如此受苦，就会乖乖地离开这个地方。*

「智慧引路」
这两句话透着"敬酒不吃吃罚酒"的意味，其实在现实生活中，也反映着这种残酷的人性哲学。

人们对旱神女魃的态度很不好，这也不能完全责怪旱神，她也是没有办法的。但是，如果旱神老是待在一个地方，并且向她祈祷也不离开的话，人们当然就会痛骂她了。

「好词好句」
祈祷
天长日久
* 东海有一处著名的乘山渔场，黄鱼、鲳鱼、带鱼、乌贼，一年四季也捕不完。

龙王输棋

东海有一处著名的乘山渔场，黄鱼、鲳鱼、带鱼、乌贼，一年四季也捕不完。传说很早以前，这里海水混浊，鱼虾零落，孤岛荒礁，根本成不了渔场。

「名师点拨」
作者用倒叙的手法先简明扼要地交代事情的结果，使文章更能够引人入胜，增强读者的阅读兴趣。

到后来，岛上出现了一个奇怪的孩子，小小年纪，下棋赢了神仙，才使家乡改变了面貌，有了生机。

这个奇特的孩子名叫陈棋，从小爱下棋，不论是到海边赶潮，还是上山砍柴，总要跟小伙伴们杀上几盘。他白天讲下棋，晚上梦下棋，天长日久，下棋的本领越来越高。大伙送他一个美号：东海棋怪。谁知七传八传，传到东海龙王敖广的耳朵里去了。

原来敖广也是个棋迷，曾跟棋仙南斗学过棋艺。除了天上南北两斗，还未遇过敌手。他想：小小渔童敢称“东海棋怪”，把我堂堂龙王放到哪里去了！

「专家解疑」
径自：表示自己直接行动。

他越想越不服气，摇身一变，变作一个渔夫，径自来到乘山找陈棋。

傍晚，乘山岛的海滩边，东一堆，西一堆，摆了好几个棋摊。敖广东瞧瞧西看看，只见下棋的有粗犷豪放的渔翁，有愣头愣脑的捕鱼人，有傻里傻气的小渔童，也不知哪个是“东海棋怪”。不远处，他看到五六个渔童簇在一块岩石上下棋，想必那个“棋怪”也在其中，于是走上前去，蹲在一旁观望。眼看一个渔童将要输了，忍不住指手画脚起来：“出车，快出车！”

谁知惹恼了那些渔童，七嘴八舌指责起来：“下棋的规矩你懂不懂？谁叫你多嘴啦！”

敖广冷笑看说：“再不出车，这局棋就完了！”

这时，出来了一个粗眉大眼的渔童，笑眯眯地对敖广说：“这位老大叔熟知棋路，想来也是位棋手吧？”

“嗯嗯！”敖广见渔童相貌不俗，便问：“你莫非就是什么棋怪？”

“我叫陈棋。刚才听老大叔说，这盘棋不出车就是输了？”

敖广正想找陈棋较量，便接口道：

“正是，不信我们可以就这个残局来试一试。”

说完，两人便较量起来。陈棋不出车，也不下士，就是用一只拐脚马，一走两走，把敖广逼入了绝路。老龙王额头出汗，眼睛也红了。

陈棋站起来说：“不用解了，你输了！”

“再来一局，三局定胜负！”

“这位老大叔。”陈棋笑笑说，“你下棋的本领我已经有数了，不必再下了吧！”

「好词好句」
傻里傻气
粗眉大眼
*陈棋不出车，也不下士，就是用一只拐脚马，一走两走，把敖广逼入了绝路。

「智慧引路」
俗语云“观棋不语真君子”，敖广在别人下棋时评头论足，破坏了下棋的规矩，所以遭到了人们的指责。

「专家解疑」
残局：①棋下到快要结束时的局面（多指象棋）。②事情失败后或社会变乱后的局面。

「专家解疑」
藐视：轻视；小看。
进献：恭敬地送上。

敖广见陈棋这样藐视他，不觉火冒三丈："什么？你知道我是谁吗？我是东海龙王！"

说着，一抹脸现了本相，两根金色的龙须高高翘起，七棱八角的头颅煞是吓人。

陈棋仰面大笑道："哈哈哈，只怕输了，大王脸上无光。"

敖广又气又恼，摇着头叫道："小渔童，你别吹牛！若是输给你，我情愿向乘山岛年年进献鱼鲜！"

「名师点拨」
简单的对答，字里行间却透着一种剑拔弩张的紧张气氛，充分调动了读者阅读的积极性。

"说话算数？"

"当然算数！"

"好！"

陈棋同龙王摆开了棋阵。龙王求胜心切，用"当头炮"发起猛攻。谁知陈棋沉着应战，没几着，就把龙王的一只车吃掉了。龙王一阵心慌，阵脚大乱，连连失子，很快就被"将"死了。龙王又输了一局，还是不服，重整旗鼓再战，这一回他改变战术，稳扎稳打，步步为营，每一着都走得十分小心。可是龙王终究不是陈棋的对手，眼看又是失子。龙王急了，伸手来抢："不行，不行，这着棋不算数！"

「好词好句」
火冒三丈
求胜心切
*龙王又输了一局，还是不服，重整旗鼓再战，这一回他改变战术，稳扎稳打，步步为营，每一着都走得十分小心。

"呵！"观棋的渔童拍手起闹，"龙王赖棋，龙王赖棋。要赖变乌龟！"

龙王脸色血红，心想如再输一盘，那就得年年进献鱼鲜。真要是这样，到底有点心痛。他想来想去，只得到师父那里去讨救兵，便开言道："陈棋，你等一等，待大王去去就来。"

说完惊起祥云腾空而去。不到一顿饭工夫，龙王就把蓬莱仙岛的南斗仙翁请来了。南斗仙翁拄着拐棍，踏着方步，飘飘然降落云头，从宽大的袖笼里掏出一副仙山玉树雕成的特大棋盘。盘内棋子黄白两色，黄的是金，白的是银，晶莹透亮，像天上灿烂的群星。龙王有了师父壮胆，顿时来了精神，有意在陈棋和众渔童面前摆威风，命两条小金龙把棋盘高高顶在头上，他自己龙头一摆，一下子变得像小山一样高，说起话来声音像打雷：“小陈棋，你还敢与大王比试吗？”

「名师点拨」作者生动地描写出棋子的色彩，并将之比喻成天上的星星，使读者有身临其境、亲眼目睹之感。

陈棋笑笑说：“龙王，你别逞强，等我来打败你！”说完，领着小伙伴们登上乘山最高的一座山峰，这才刚够着那副大棋盘。

「专家解疑」逞（chěng）强：显示自己能力强。

白眼：眼睛朝上或向旁边看，现出白眼珠，是看不起人的一种表现（跟“青眼”相对）。

棋战重新开始。敖广有南斗替他出主意，果然棋艺大进。陈棋也使出平生本领，奋勇搏敌。这盘棋杀得好不热闹，但见棋盘上硝烟滚滚，杀声阵阵；双方跃马挺卒，车攻炮轰，你来我往，难解难分。一局棋从申时下到卯时，还不见胜负。

这时，南斗在旁边出了一个点子，敖广走了三步妙棋，渔童们也暗暗着慌，私下里七嘴八舌乱了阵。敖广翻着白眼，好不得意，只管紧紧催促：

“小陈棋，你还有啥高招？快快服输吧！”

可是陈棋依然面不改色，托着腮帮子凝思了一会儿，就从容不迫地下了起来。

「好词好句」
硝烟滚滚
难解难分
* 可是陈棋依然面不改色，托着腮帮子凝思了一会儿，就从容不迫地下了起来。

七走八走，谁也没料到陈棋的一匹马深入敌方偷吃了一只象，接着挺车向前，一个“闷攻将”把龙王“将”杀了。龙王目瞪口呆，气急败坏，欲摆棋重来。南斗却拍了拍高高的额头，咬着龙王的耳朵说：“罢了，这着棋是当年北斗走赢我的一步绝招！怪不得前几天北斗说他的棋盘里少了一只棋子，原来跑到这里来了。”

龙王的龙眼瞪得滚圆：“啊！陈棋是北斗的一只棋子？”

南斗点点头说：“走吧！走吧！我们不是他的对手。”

龙王实在太懊丧了，气哼哼地把棋盘一掀，跟着南斗走了。

那盘棋连棋带盘骨碌碌一股脑儿掉进东海。因为是仙山玉树做成的，到底有点仙气，滚到东海里，就变成了星罗棋布的小岛。

东海龙王输了棋，只得兑现诺言，年年进献鱼鲜。从此，乘山洋海水澄清，鱼群兴旺，一座座岛屿都成了渔民休养生息的好地方。

「好词好句」
气急败坏
伟岸
* 从此，乘山洋海水澄清，鱼群兴旺，一座座岛屿都成了渔民休养生息的好地方。

「专家解疑」
星罗棋布：像星星似的罗列着，向棋子似的分布着，形容多而密集。

宇宙树尤加特拉希

在一切一切的中心，宇宙的中心，矗立着一棵无比伟岸的大梣树，称为尤加特拉希。这棵巨大的梣树是宇宙万物的起源和载体，它生机盎然，茂密的枝叶覆盖了整个天地。

三根巨大的树根支撑着宇宙树尤加特拉希，使它傲然挺立。这三根树根分别通往神国、巨人国和冰雪世界尼夫尔海姆。在这些树根的末端，分别有三眼泉水为宇宙树提供水分。

「名师点拨」
作者说大梣树伟岸无比，是宇宙万物的载体，这是抽象的概括；紧接着又说它的枝叶覆盖了整个天地，这是形象的描述。作者以虚实结合的方式，形象而生动地说明了大梣树的粗大。

在最北面尼夫尔海姆中的那眼泉水称为海维格尔玛，在一片冰天雪地中，泉水寒冷彻骨，冷雾蒸腾。一条狰狞的毒龙尼特霍格盘踞在那里，日夜不停地噬咬着伸入泉水里的巨大树根。毒龙身为恶魔，企图最终咬断宇宙树的巨根，毁灭世界。巨人国所在的约顿海姆，和人类的大地一样，原来是金恩加鸿沟所在的地方。在这里，联结宇宙树巨根的泉水是由智慧巨人密密尔看守的，所以这眼泉水叫作密密尔泉。密密尔就是从巨人之祖伊米尔双臂之下生出来的那对巨人的儿子，从小就聪明非凡。在他看守泉水的时候，他已经成了一个老巨人。

「好词好句」
寒冷彻骨
清澈透明
*每天傍晚，当绚丽的晚霞把泉面映照得如诗如画的时候，老密密尔就会用一个精致的角杯汲上一杯知识和智慧的泉水。

密密尔泉的泉水中充满了知识和智慧，关于整个天地、九个世界里发生的一切事情的知识，都融会在这清澈透明的泉水中。因此，无论是谁，不管是神祇、精灵、巨人、侏儒还是人类，只要喝了密密尔泉里的泉水，就会变得既有知识，又富有智慧。

「专家解疑」
盘踞（jù）：非法占据；霸占（地方）。

*但是，老巨人密密尔却一步不离地看护着泉水，不让任何神祇或者巨人靠近一步。*天地之间，从来也没有哪一个生灵能够喝上一口密密尔的泉水，除了老巨人自己。每天傍晚，当绚丽的晚霞把泉面映照得如诗如画的时候，老密密尔就会用一个精致的角杯汲上一杯知识和智慧的泉水，自己慢慢地享用。天长日久，巨人密密尔变得越来越老，但是每天不多不少的一杯泉水也使他变得越来越聪明而富有智慧。他知道天地之下已经发生过的、正在发生的和将要发生的一切事情。

「智慧引路」
老巨人密密尔是一个忠于职守的人，他这种寸步不离、将职责看得重于一切的行为值得我们每个人学习。

有一次，奥丁在旅行途中来到了密密尔泉旁，正好碰上了拿着牛角杯去泉水中汲水的密密尔。看着清澈的密密尔泉水，奥丁的心中激起了追求知识和智慧的强烈欲望。“智者密密尔啊，请让我喝一口这知识和智慧的泉水吧。”奥丁说。

“绝无可能。”密密尔毫不犹豫地拒绝了他。

“密密尔啊，知识和智慧是多么可贵；我奥丁追求它们的信念是多么坚定。密密尔啊，我愿用我所有的一切东西，来换取一口珍贵的泉水，以增加我的智慧。”

老巨人听了奥丁的话，有点心动了。最后他说：“*奥丁，你这个难缠的神，如果你能够牺牲你的一只眼睛，把它丢到泉水里去，这知识和智慧的泉水，我让你随便喝够。*”

奥丁这下有点犹豫，不过很快就做出了决定，小心翼翼地把他的右眼挖了出来，扔到了密密尔泉水里。那只眼睛稳稳地落到了泉底，而且在知识和智慧的泉水里向上睁开着。透过明净的泉水，它能看到一切宇宙中已经发生过的事情，和一切将要发生的事情。

然后奥丁也喝了很多密密尔泉的泉水，从此变得更加有知识和智慧了。虽然他因此失去了一只眼睛，而经常被称为“独眼神”或“独眼老头”，但也因为他的智慧超群而被称为“智者奥丁”。

宇宙树通往神国的那根巨根同样连接着一眼泉水。这眼泉水称为乌达泉，但它要比其他两眼要大上许多，看上去像是一个湖泊。乌达泉永远如诗如画般的美丽，泉面上水平如镜。乌达泉的泉

「好词好句」
心动
超群
* 密密尔啊，知识和智慧是多么可贵；我奥丁追求它们的信念是多么坚定。
* 乌达泉永远如诗如画般的美丽，泉面上水平如镜。

「智慧引路」
奥丁为了追求知识，不惜牺牲自己的眼睛，这种强烈的求知精神多么令人感佩呀！小朋友们现在坐在宽敞明亮的教室中，条件优越，因此一定要珍惜美好的时光，努力学习。

「专家解疑」
小心翼翼：原形容严肃虔敬的样子。现用来形容举动十分谨慎，丝毫不敢疏忽。

水能够发出炫目的光亮，把神国和整个宇宙树照耀得一片光明。它的泉水也圣洁无比，生活在水面上的动物通体雪白。天地初开之时，两只山鸟飞来停栖在泉边，在水中游戏，圣洁的泉水使它们全身的羽毛变得洁白如雪，后来人们就把这种动物称为天鹅。

「专家解疑」
圣洁：神圣而纯洁。
料理：①办理；处理。②烹调制作。③菜肴。

三位命运女神居住在乌达泉的旁边，她们的名字分别叫作乌达、维丹蒂和丝可特。命运女神三姐妹是宇宙树的守护者，她们每天都用圣洁的乌达泉水灌溉宇宙树之根，使它常青不衰。当宇宙树有了裂口时，她们就用乌达泉边的白色泥土为之修补起来。在三位命运女神的勤勉灌溉和精心照料下，宇宙树尤加特拉希枝叶茂盛、四季常青。

「好词好句」
喜怒无常
大起大落
＊在三位命运女神的勤勉灌溉和精心照料下，宇宙树尤加特拉希枝叶茂盛、四季常青。

命运女神的另一项工作则是料理人类的生命线。三姐妹中最年长的乌达，通常从纺线轴上把生命之线纺出来，这样，人类也就有了生命。年龄次之的女神维丹蒂负责用手捻线，测量出每个生命应有的恰当长度。

可是，维丹蒂是个喜怒无常、性情大起大落的女神，这样，*她捻出来的命运之线有时匀称美丽，有时却粗劣丑陋。人类的命运因此也不尽相同，有的人一生幸福快乐，有的人却命运悲苦。同样，她测量出来的生命线长度也不尽相同，因而有的人长寿，有的人短命。*

「智慧引路」
维丹蒂做事三天打鱼，两天晒网，全凭自己的喜恶和心情，这样是不对的。小朋友们做事情应当始终如一的仔细、认真，力求完美。

最年轻的丝可特的工作相对要轻松多了。她手持一把剪刀，按照维丹蒂测量出来的生命线长度，把它们一一剪断。当然，丝可特每下一剪，人类当中就会有一个男人或者女人走完了他（她）的生命旅程。

在宇宙树尤加特拉希的顶部，站立着一只羽毛雪白的公鸡，叫作吉伦卡马。这只白公鸡受命运女神姐妹之命，负责为天地万物计算时间。当天地间的一切生灵需要睡眠的时候，白公鸡就开始数数。当它数完 60 乘 60 再乘 12 这么多数目后，就在宇宙树的顶部放声啼唱。同时，白天和太阳也分别从黎明宫殿和黄昏宫殿奔驰上了天空。

除了白公鸡吉伦卡马，宇宙树最高的一根树枝上还停栖着一只巨大的鹰。这是一只非常雄健的巨鹰，当它扇动翅膀的时候，也就是世界上刮起大风的时候。这头巨鹰和树根下栖息在冰雪世界中的毒龙是一对宿敌，特别是因为在树枝间跳来跳去的松鼠拉它图斯克不断地在它们之间挑拨离间、搬弄是非。还有四头美丽的小鹿在乌达泉边的树林中奔跑着。

「好词好句」
旅程
啼唱
*这头巨鹰和树根下栖息在冰雪世界中的毒龙是一对宿敌，特别是因为在树枝间跳来跳去的松鼠拉它图斯克不断地在它们之间挑拨离间、搬弄是非。

「名师点拨」
作者用夸张的修辞手法，表现出巨鹰超凡的本领，用浪漫的手法展现出了种种奇异的事物，让读者有耳目一新之感。

人间新人

天神宙斯看到人间自从有了火以后，生活发生了很大变化：他们既有丰衣足食的时候，也有互相残杀的时候，后来，出现了不祭天敬神的现象，宙斯在众神的支持下，决定以洪水毁灭人类。

「专家解疑」
丰衣足食：形容生活富裕。

先知先觉的普罗米修斯得知宙斯这一计划后，告诉了他的儿子丢卡利翁和儿媳皮拉（潘多拉的女儿）。年轻的夫妇遵照普罗米修斯的嘱咐造了一条很大很大的船，很像一个大木箱。他们把所有的家当通通搬进船舱。

宙斯开始行动了，他打开了埃俄罗斯岩洞，放出了呼风唤雨的南风，黑沉沉的乌云立刻遮住了太阳。一时间，雷雨大作，人间所有的房屋和庄稼都被暴风雨摧毁。

「专家解疑」
呼风唤雨：旧指神仙道士的法力。现比喻人具有支配自然的伟大力量或比喻具有非凡的本领。也可形容反动势力猖獗。

宙斯授意海神波塞冬尽全力淹没人类。波塞冬是宙斯的兄长。回想宙斯刚刚当上天王封波塞冬为海神时，他口服而心不服，受到宙斯的警告后他才保证服从天命。从此以后，波塞冬对宙斯忠心耿耿，唯命是从。这次他参与灭绝人类十分卖力。波塞冬不仅仅是海洋的保护神，而且是江河湖泊一切水源的保护神。他用三叉戟不停地敲击着大地和岩石，江河咆哮，洪水滚滚，越来越汹涌，淹没了大地，人间变成一片汪洋。*灾难持续了九天九夜，大地上的一切生灵——人类、牲畜、野兽、庄稼、森林、草地——都被毁灭了。*

「好词好句」
忠心耿耿
唯命是从
*他用三叉戟不停地敲击着大地和岩石，江河咆哮，洪水滚滚，越来越汹涌，淹没了大地，人间变成一片汪洋。

洪水渐渐退了，乌云吹散了。

在高高的帕耳那索斯山上，只有丢卡利翁和妻子皮拉在那里敬神。他们是仅有的幸存者。洪水泛滥时，他们二人坐在船舱里，任凭风浪起，平稳地漂流了九天九夜，最后被冲到帕耳那索斯山腰。

「智慧引路」
为了一己之私而殃及无辜，不顾弱势群体的生死，这种行为与昏庸无道的暴君无异。

宙斯派使者赫耳墨斯到人间传达天旨，问丢卡利翁和皮拉有

什么希望和要求。二人要求造一批新人。宙斯接受了这一要求，并让丢卡利翁和皮拉二人来完成造新人的任务。遵照神旨，他们二人先从地上捡起石块，然后再把石头扔到自己的身后去。

「专家解疑」
任务：指定担任的工作；指定担负的责任。

丢卡利翁扔出的石头都变成了男人，而皮拉扔出去的石头都变成了女人。他们就是人间出现的新人。

名家品评

开天辟地之后，人类诞生，那些神仙或是为了普度众生，消除世间苦厄；或是为了改变大自然、让人间变得更加美丽，都做出了巨大的努力。女娲娘娘为了拯救苍生，炼石补天；代达罗斯建造迷宫、兴修水利，他们都为黎民苍生做出了巨大的贡献。然而也有一些心胸狭隘的神仙，为了一己之私而向人间降下灾难，这些行为都不会得到世人的认可。

阅读思考

1. 女娲娘娘是怎样炼石补天的？
2. 代达罗斯为什么要杀害自己的学生？
3. 女魃为黄帝打败蚩尤立下了汗马功劳，为什么却得不到他的喜欢？

第三章
英雄篇

在远古时代，涌现出了大量的英雄人物，他们为了捍卫自己或大众的利益不懈地与大自然和恶势力作斗争。本章中精卫、吉利、沉香、八仙、后羿都是家喻户晓的英雄人物，通过对本章的阅读，小朋友应该知道精卫为什么要填海？沉香与二郎神杨戬究竟有着怎样的恩怨纠葛？后羿有着怎样的壮举，等等。

沉香救母

「专家解疑」
派遣：（政府、机关、团体等）命人到某处做某项工作。

汉代，华山上有一座神庙，庙神华岳三娘自从被王母派遣到华山后，一直过着孤独寂寞的生活。这天，她正在庙中吟歌曼舞，消磨时光，突然发现一个书生跨进了庙门。她急忙登上莲花宝座，化为一尊塑像。这个书生叫刘向，上京赶考时路过这里。走进大殿的刘向，一眼就看到了三娘俊丽、温柔、安闲的塑像，立刻被深深吸引住了，心想要是能娶她做妻子该多幸福啊！可惜这只是一尊没有情感知觉的雕像。*刘向怀着深深的遗憾，抑制不住内心的激动，取出笔墨，深情地在墙上抒写了自己对三娘的爱慕之情。*

三娘默默地看着这一切，心中不禁百感交集。面前这个书生多么英俊倜傥，文采斐然，他对自己满怀深情，而自己何尝不被他深深吸引，又何尝不爱恋他呢？可是，一个是上界仙女，一个是下方凡人，又哪能缔结姻缘呢？目送怅然离去又依依不舍的刘向，三娘再也不能平静了。她沉吟再三，终于决定不顾忌天条禁令，要与刘向结为夫妻。

于是，三娘便化为一民间女子，追上刘向，向他道出了真情，从此二人两情依依，结为伉俪，恩爱无比。刘向考期将临，三娘已有孕在身，依依惜别之时，刘向赠给三娘一块祖传沉香，说日后生子可以“沉香”为名。二人十里相送，难舍难分。

刘向在京城一举中榜，被任命为扬州府巡按。就在他走马上任之时，华岳三娘却遭难了。原来，这时正值王母娘娘生日，在天宫大办蟠桃会，各路神仙均来赴会祝寿，可是三娘有孕在身，便推托染病而留在华山。

谁知，实情被三娘的哥哥二郎神知道了，二郎神勃然大怒，责怪妹妹私嫁凡人，触犯天条律令，要捉她上天受惩罚。三娘一身正气，毫不畏惧，况且她随身还有一件王母赠的宝物——宝莲灯，此物是三娘的镇山之宝，无论哪路妖魔，哪方神仙，只要宝莲灯

「智慧引路」

昔年纣王帝辛题诗致意女娲娘娘而身死国灭，如今刘向对岳三娘题诗致意却喜结良缘，可见同样的事情放在不同的人身上就会得出大相径庭的结果。

「好词好句」

百感交集

勃然大怒

*三娘便化为一民间女子，追上刘向，向他道出了真情，从而二人两情依依，结为伉俪，恩爱无比。

「专家解疑」

斐然：①有文采的样子。②显著。

天条：迷信的人认为老天爷所定的戒律，人、神都要遵守。

大放异彩，都会被震慑称服，束手就擒的。二郎神自知不敌，就令自己的哮天犬趁三娘休息之际，偷盗而出。这样，可怜的三娘就被二郎神压在华山下的黑云洞中。三娘在暗无天日的洞中生下了儿子沉香，为防不测，她偷偷恳求夜叉将儿子送到扬州，留在其父刘向身边。

沉香长大了，渐渐懂事了，知道了母亲被压在华山下受苦，就一心想救出母亲三娘。他把想法对父亲说了，无奈刘向也只是一介文弱书生，只有叹气摇头。于是沉香便独自离家，去找母亲。他历尽了千辛万苦，终于走到了华山。可是母亲在哪里呢？这个只有八岁的孩子，不知所措，放声大哭起来。凄厉痛苦的哭喊声，在空谷回荡，惊动了路过此地的霹雳大仙。好心的大仙，问明情由，深为善良的三娘和受苦的孩子鸣不平，可是也无可奈何。于是他将沉香带回自己的住所。沉香在大仙的指点下，刻苦认真地学习，渐渐学会了六韬三略、百般武艺、七十三变。十六岁生日那天，沉香向师父辞行，要去华山救母。大仙称他有志气，并赠给他一柄萱花开山神斧。

沉香腾云驾雾，来到华山黑云洞前。他大声呼唤娘亲，声声穿透重重岩层，传入三娘耳中。三娘不由得心情激荡，百感交集。*她知儿子已长大成人，一片孝心来救自己，激动不已，就将沉香唤到洞前。*三娘自知哥哥二郎神神通广大，当年大闹天宫的孙悟空也败在他手中。沉香又年幼，况且二郎神还盗去了宝莲灯，儿

「专家解疑」

暗无天日：形容社会极端黑暗。

文弱：举止文雅，身体柔弱。

「好词好句」

凄厉

回荡

*好心的大仙，问明情由，深为善良的三娘和受苦的孩子鸣不平，可是也无可奈何。

「智慧引路」

沉香是一个孝顺的孩子，所以才会历尽艰险来救母亲，小朋友们也应向沉香学习，做一个体贴、孝顺父母的人。

「好词好句」
怒不可遏
欺人太甚
*沉香飞身来到二郎庙，向二郎神苦苦哀求。
*两人云里雾里，刀来斧往，山里水里，变龙变鱼，从天上杀到地上，再从人间杀回天宫，直杀得山摇地动，翻江倒海，天昏地暗。

「专家解疑」
铁石心肠：形容心肠硬，不为感情所动。
落荒（huāng）：离开大路，向荒野逃去（多见于早期白话）。

子哪里是他的对手呢？所以，三娘叫沉香去向舅舅求情。

沉香飞身来到二郎庙，向二郎神苦苦哀求。谁知二郎神铁石心肠，不但不肯放出三娘，反而舞起三尖两刃刀，要向沉香下手。沉香怒不可遏，觉得二郎神欺人太甚，便抡起神斧，与他打起来。两人云里雾里，刀来斧往，山里水里，变龙变鱼，从天上杀到地上，再从人间杀回天宫，直杀得山摇地动，翻江倒海，天昏地暗。这件事惊动了太白金星，他派了四位大仙去看个究竟。四仙在云端里看了一阵，觉得二郎神身为舅舅，如此凶狠地对待一个孩子，太无情无义了，于是相互使了眼色，暗中助了沉香一臂之力。沉香越斗越勇，越战越神，二郎神再也招架不住，只得落荒而逃，宝莲灯也落入了沉香之手。

沉香立即飞回华山，举起萱花开山神斧，奋力猛劈。只听得“轰隆隆”一声巨响，地动山摇，华山裂开了。沉香急忙找到黑云洞，救出了母亲。整整十六年，受尽了苦难的三娘终于重见天日，她与儿子紧紧抱在一起，百感交集，泪流满面。

后来，二郎神向三娘、沉香认了错，沉香也被玉帝敕封了仙职。从此，三娘、刘向和他们的英雄儿子沉香全家团圆，永远幸福地生活在一起。

「好词好句」
敕封
耕耘
*他在燃烧过的土地上四处徘徊，不知道在哪里找吃的，在何处藏身。

复仇之神

古时候，有个名叫萨拉鲁马的恶魔，在尤拉卡雷人的地里点燃了一场毁灭性的大火。一切树木、牲畜都未能幸免于难，只有孤零零的一个人逃脱了这场大火。他在地底很深的地方给自己挖了一个藏身洞，躲在那里。在大火期间，他靠着早先储备好的充足食物，捡回了一条小命。

「专家解疑」
幸免：侥幸地避免。

他在地底的洞穴里待了很久，想知道地面上的大火是否还在燃烧，便往上捅了一根竹竿。*他把竹竿拉回来的时候，两次发现竹竿的尖端被烧黑了，第三次时发现是完好的。*这样，他又等了四天，才爬出地面。他在燃烧过的土地上四处徘徊，不知道在哪里找吃的，在何处藏身。这时，穿着水红色袍子的恶魔萨拉鲁马出现在他的面前，对他说：“是我烧毁了你的家园，但我可怜你。”

「智慧引路」
通过竹竿探知外界情况，表现出了故事中“他”的聪明和机智，小朋友在遇到危险情况时，应向文中的“他”学习，学会用智慧的头脑解决问题。

于是，萨拉鲁马给了他一把供人类维持生命用的各种作物的种子，并让他耕耘播种。在他挥手的地方，一刹那间出现了一片稠密的森林。

后来，这个人很快就娶了老婆，生了几个儿女。有一个姑娘长大了，她感到很孤单。有一次，她看到一株挺拔俊秀的乌列树。这棵树长在河边，开满紫红色的鲜花。姑娘心想："哎，如果你是个男人该多好，我一定会爱上你的！"为了把自己打扮得更漂亮，她浑身涂上红色颜料，终日心绪不宁，唉声叹气地翘首等待着，总希望会有什么奇迹发生。

「专家解疑」孤单：①单身无靠，感到寂寞。②（力量）单薄。

「好词好句」过眼云烟 血迹斑斑 *她浑身涂上红色颜料，终日心绪不宁，唉声叹气地翘首等待着，总希望会有什么奇迹发生。

她的期望并没有落空，大树变成了一个小伙子，姑娘心里别提多高兴了。天一黑，她就不再是孤身一人了，美男子乌列会陪伴着她。不过天一亮，乌列就不见了。姑娘非常担心自己的幸福是过眼云烟，就把事情经过全部告诉了她的母亲。娘儿俩一起商讨对策，要把这个美郎君留住。

第二天夜里，乌列又来找姑娘，姑娘便按母亲的吩咐，用藤条把他紧紧缠住，免得他丢下她溜走。就这样乌列被缚了四天，到第五天，他才同意永远留下来，并和她结成夫妻，姑娘这时才给他松了绑。他们的日子过得很美满。

「名师点拨」正因为这位小媳妇急切地想见到丈夫的遗骸，所以她才会前去寻找，于是也就有了后文中的精彩故事，因此，这句话是后文中故事发生的主要原因。

有一次，乌列和他老婆的几个兄弟去猎猴子。好几天过去了，小媳妇闷得慌，就动身去找他们，还带了些甜米酒给他们喝。

半路上，她遇到了她的几个兄弟。他们告诉她，乌列被豹子给杀了。她伤心极了，很想见见他的遗骸。兄弟们领着她来到一片血迹斑斑的草地上，那里有她丈夫支离破碎的尸体。她不禁号啕大哭着，把狼藉的尸骨收拢到一块儿，对着死尸大声恸哭，哀悼自己最大的不幸。最后，她的爱情得到了补偿。乌列在她炽烈的眼泪的浇灌下又复活了。他说："我睡得真香！"于是，他俩一起回家去。

半途中，他们来到一条小河边，乌列渴得想喝水。他俯身在河面上，看到自己面颊上有一块肉被揪走了。乌列觉得自己容貌被毁，不愿再回家。不管他老婆怎么求他，他还是坚持和她分手，嘱咐她沿着那条小路一直往前走。

"如果你遇到一根树枝或叶子掉在你背上，"他对她说，"千万别回头，你只要说'这是我丈夫在打猎'，就没事了。"

可怜的小媳妇又伤心又害怕地全身发着抖，一步一拐地沿着小路往前走，心里牢记着乌列叮嘱她的话。忽然，树上飘下一片树叶，她忘记了乌列的叮咛，不由自主地回头看了一眼，立刻晕头转向，不知往哪儿走了。她在林中四处彷徨，再也找不到那条她一直走的小路。她瞎蒙瞎闯地来到了美洲豹的窝。

豹妈妈热情接待了小媳妇，但她怕快要回家的几个嗜血成性的儿子对客人不恭，就把她藏了起来。但还是被她的儿子嗅出来了。他们碍着母亲的情面，不好意思毫无道理地把小媳妇撕了吃掉，便对客人说："你到我们头上找一找，找什么就把它吃掉！"

他们的头上尽是毒蚂蚁。无论小媳妇如何害怕美洲豹，她也不敢把这些蚂蚁送进嘴里。

豹妈妈偷偷递给小媳妇一些南瓜子。她一边哔啪哔啪地嗑着

「智慧引路」
精诚所至，金石为开。乌列的妻子的一片痴心终于得到了回报。在人生的道路上，一旦找到了正确的方向，一定要坚持不懈地付出努力，终究有一天会取得成功的。

「好词好句」
坚持
叮嘱
*豹妈妈热情接待了小媳妇，但她怕快要回家的几个嗜血成性的儿子对客人不恭，就把她藏了起来。

「专家解疑」
彷(páng)徨：走来走去，犹疑不决，不知往哪个方向去。

南瓜子，一边把捉到的毒蚂蚁悄悄扔到地上。

三只美洲豹都被她蒙混过关了。到了第四只的时候，因为长着两双眼睛，一双在前，一双在后，发现了她的小动作，一气之下，扑将过去，把她给撕成了碎片。他们把她肚子里的小孩给揪了出来，交给自己的妈妈，叫她吃掉。豹妈妈很可怜这孩子，就把他放进一个大罐子里，装着要煮熟了吃，然后悄悄把小孩藏了起来，偷偷抚育成年，还给他取名叫吉利。

「名师点拨」作者花了大量的笔墨交代主人公吉利的身世，既是为后面的故事情节做铺垫，也是因为这是古代神话作品的一种创作方法：一脉相承，前后连贯。

吉利在豹妈妈的看护下，很快就长成了大小伙儿。他十分感激自己的养母，把猎到手的一切都交给她。有一次她向他抱怨说啮鼠把她的南瓜偷吃了，让他射死它。吉利找机会射了啮鼠一箭，只把它的尾巴弄掉了。啮鼠回过头来对他说：“为什么不射杀那些杀害你妈妈的家伙！我又没招惹你，干吗要杀我！”

「好词好句」
招惹
雪恨
*他十分感激自己的养母，把猎到手的一切都交给她。

吉利要啮鼠把话讲清楚，于是啮鼠告诉他，美洲豹是如何杀了他的母亲的经过。“他们连你也会撕碎的，”啮鼠说，“一旦他们知道你还活着的话。”

听了啮鼠的话，吉利十分震惊，暗下决心要替母亲报仇雪恨。

「哲理名言」功夫不负有心人。

他随时窥测动静，准备下手。真是功夫不负有心人，机会终于来了。等到有一天，美洲豹满载着猎物，一个一个回来的时候，吉利用箭逐一杀死了三只，第四只生着两双眼的美洲豹，看到有箭飞来，连忙躲到一棵大树后面，仰天大叫：“大树保护我！星星救我！月亮帮我！”

这时，月亮从天上下来把美洲豹抓到自己身边，藏了起来。

吉利异乎寻常的胆略使他获得了一种超自然的神力。他看到豹妈妈失去儿子十分悲伤，而且现在没谁帮她干活了，便划出一块丛林供她使用，永远不许别的任何有力量的飞禽猛兽去骚扰她。

「智慧引路」从这段文字中可以看出吉利是一个善良的人，他利用自己的神力，为失去儿子的豹妈妈划出了一块安全区域，让豹妈妈可以生活下去。希望小朋友们向吉利学习，做一个善良的人，在自己有能力的情况下帮助一些需要帮助的人。

吉利成了大地上一切生灵的主宰者。

不过，总不能老是孤独地生活吧，他很想找个伴。有一次，他在森林中漫步，一只脚踢着一根树根，又用手撕下一块指甲。他把指甲捡起来，扔进路边的一个小坑里，又继续往前走。没走几步，突然听到背后有声音传来，回头一看，他的指甲竟变成了一个人。他给他取名卡鲁，成了他的第一位伙伴。

吉利和卡鲁一直过得很顺畅。有一次，一只鸟喊他们去喝甜米浆。他们喝来喝去，罐子里的甜米浆总是喝不完。吉利很想知道，那里面的甜米浆什么时候才能喝完，于是，就用一根小树枝轻轻敲了罐子一下。谁知道，甜米浆竟然像泉水一样溢了出来，淹没了森林、大地和一切生灵，把卡鲁也卷走了。等地面干了，吉利动身去寻找自己的伙伴，终于找到了他的骨头。吉利把骨头收拢起来，卡鲁又活了过来。

两个人依然很寂寞，他们希望有更多的人。他们便各自娶林中的火鸡为妻。每只火鸡都为他们生下两个孩子——一男一女。

有一次，卡鲁的儿子死了，卡鲁就把他埋了。吉利嘱咐他：“快到墓地去看看你儿子还在不在，我要让他活过来。不过你要当心，

「好词好句」
寂寞
当心
*吉利很想知道，那里面的甜米浆什么时候才能喝完，于是，就用一根小树枝轻轻敲了罐子一下。

别把他吃了。”

卡鲁听罢，到墓地去了，到处翻遍了也没找到自己的儿子。他只看见墓地上长了一些花生，果实累累的，十分诱人。卡鲁想尝尝花生的味道，就把花生通通吃了下去，然后把花生苗也拔掉了。这时，他忽然听到吉利的声音：“卡鲁不听我的话，吃了自己的儿子。为了惩罚，卡鲁和所有经我之手造就的人种，都将受劳累奔波之苦，有生有死。”

一天，吉利为了采果子，摇了摇果树。树上飞下一只鸭子。吉利要卡鲁烤着吃，当卡鲁照办之后，他又说：“你吃的是自己的儿子。”

卡鲁听了，觉得一阵恶心，把吃的东西全都吐了出来。所有飞禽都从他吐出的东西里飞走了。

有一次，吉利和卡鲁看到一只母美洲豹的嘴边鲜血淋漓，断定她刚吃过人。为此，他们把母豹的毛拔光，还想要她的命。母豹苦求饶命，并把事情的始末讲了一通：“我吃的这个早就死了，他是被山洞里的巨蛇咬死的！”

母豹把吉利带到蛇洞口。这时候，吉利对母豹说：“从今往后，你和你的同族就以吃动物尸体为生吧！”说完，他把母豹变成一只兀鹫。

接着，吉利把鹤招来，叫他守住这条蛇，并把蛇打死。蛇死之后，从山洞里走出许多种类的人，地球都快塞满了，还有人不

「好词好句」
果实累累
淋漓
*卡鲁想尝尝花生的味道，就把花生通通吃了下去，然后把花生苗也拔掉了。

「专家解疑」
造就：①培养使有成就。②造诣；成就（多指青年人的）。
兀鹫（jiù）：鸟，也叫兀鹰。身体很大，头部较小，嘴端有钩，头和颈的羽毛稀少或全秃，翼长，视觉特别敏锐。生活在高原山麓地区，是猛禽，主要吃死尸。

「名师点拨」
自古以来，鹤就是蛇的天敌，作者如此安排，符合读者的一贯思维，使文章内容更加符合情理。

断从洞里走出来。吉利有些不知所措，急忙把洞口堵住了。

这时候，吉利对从洞里走出来的人们说：“从现在起，你们要分开来，各自过日子！我要让你们相互争斗，彼此为敌。”

话未说完，从太阳上掉下许多武器。各部族都把自己武装起来，彼此纷争，打个没完，直到吉利把他们完全操纵在手里为止。到现在，吉利播在人群之中的仇恨的种子还在不断发芽。

「好词好句」
不知所措
彼此
*各部族都把自己武装起来，彼此纷争，打个没完，直到吉利把他们完全操纵在手里为止。

精卫填海

太阳神炎帝有一个小女儿，名叫女娃，是他最钟爱的女儿。炎帝不仅管太阳，还管五谷和药材。他事情很多，每天一大早就要去东海，指挥太阳升起，直到太阳西沉才回家。

炎帝不在家时，女娃便独自玩耍，她非常想让父亲带她出去，到东海太阳升起的地方去看一看。可是父亲忙于公事，总是不带她去。这一天，女娃便一个人驾着一只小船向东海太阳升起的地方划去。不幸的是，海上起了风暴，像山一样的海浪把小船打翻了，女娃被无情的大海吞没了，永远回不来了。炎帝固然痛念自己的女儿，但却不能用医药来使她死而复生，也只有独自神伤嗟叹了。

女娃死了，她的精魂化作一只小鸟，花脑袋，白嘴壳，红脚爪，发出“精卫、精卫”的悲鸣，所以，人们又叫此鸟为“精卫”。

精卫痛恨无情的大海夺去了自己年轻的生命，她要报仇雪恨。

「专家解疑」
固然：①表示承认某个事实，引起下文转折。②表示承认甲事实，也不否认乙事实。

「名师点拨」
作者用“山”来比喻波浪的巨大与凶狂，形象地说明了当时情形的凶险，给读者留下了深刻的印象。

因此，她一刻不停地从她住的发鸠山上衔小石子，或是小树枝，展翅高飞，一直飞到东海，她在波涛汹涌的海面上飞翔着，悲鸣着，把石子树枝投下去，想把大海填平。

大海奔腾着，咆哮着，嘲笑她：“小鸟儿，算了吧，你这工作就是干一百万年，也休想把大海填平。”

精卫在高空答复大海：“哪怕是干上一千万年，一万万年，干到宇宙的尽头，世界的末日，我终将把你填平！”

“你为什么这么恨我呢？”

“因为你夺去了我年轻的生命，你将来还会夺去许多年轻无辜的生命。我要永无休止地干下去，总有一天把你填成平地。”

精卫飞翔着、鸣叫着，离开大海，又飞回发鸠山去衔石子和树枝。她衔呀，扔呀，成年累月，往复飞翔，从不停息。后来，

「好词好句」

波涛汹涌

永无休止

*哪怕是干上一千万年，一万万年，干到宇宙的尽头，世界的末日，我终将把你填平！

*精卫飞翔着、鸣叫着，离开大海，又飞回发鸠山去衔石子和树枝。

精卫和海燕结成了夫妻，生出许多小鸟，雌的像精卫，雄的像海燕。小精卫和他们的妈妈一样，也去衔石填海。直到今天，他们还在做着这种工作。

人们同情精卫，钦佩精卫，把它叫作“冤禽”“誓鸟”“志鸟”“帝女雀”，并在东海边上立了个古迹，叫作“精卫誓水处”。

「智慧引路」坚持不懈地为自己的目标努力奋斗，不论成功与否，自己能够始终如一，这种可贵的精神不仅能得到别人的同情，亦能获取别人的尊重。

日神和达佛涅

日神初恋的少女是河神珀纽斯的女儿达佛涅。他爱上她并非出于偶然，而是由于触怒了小爱神丘比特。原来日神阿波罗战胜了蟒蛇，兴高采烈之余，看见小爱神在引弓掣弦，便道：“好个顽童，你玩弄大人的兵器做什么？你那张弓背在我的肩膀上还差

「专家解疑」偶然：①事理上不一定要发生而发生的；超出一般规律的（跟“必然”相对）。②偶尔。

「好词好句」
荣耀
抖动
*方才我还放了无数支箭，射死了蟒蛇，它的尸首发了肿，占了好几亩地，散布着疫疠。
*他取出两支箭，这两支箭的作用正好相反，一支驱散恋爱的火焰，一支燃着恋爱的火焰。

不多；只有我才能用它射伤野兽，射伤敌人。方才我还放了无数支箭，射死了蟒蛇，它的尸首发了肿，占了好几亩地，散布着疫疠。你应该满足于用你的火把燃点爱情的秘密火焰，不应该夺走我应得的荣誉。”

维纳斯的儿子回答道：“阿波罗，你的箭什么东西都能够射中，我的箭却能把你射中。众生不能和天神相比，同样你的荣耀也不能和我的相比。”说着，他抖动翅膀，飞上天空，不一会儿便落在帕耳那索斯翁郁的山峰上。

他取出两支箭，这两支箭的作用正好相反，一支驱散恋爱的火焰，一支燃着恋爱的火焰。燃着爱情的箭是黄金铸的，箭头锋利而且闪闪有光；另一支是秃头的，而且箭头是铅铸的。小爱神把铅头箭射在达佛涅身上，另一支向阿波

罗射去，一直射进了他的骨髓。阿波罗立刻感觉爱情在心里燃烧，而达佛涅一听到“爱情”这两个字，就逃之夭夭，逃到树林深处，径自捕猎野兽，和狄安娜竞争比美去了。达佛涅用一条带子束住散乱的头发。许多人追求过她，但是凡来求婚的人，她都厌恶；她不愿受拘束，不想男子，一味在人迹罕至的树林中徘徊，也不想知道爱情、婚姻究竟是什么。她父亲常对她说：“女儿，你欠我一个女婿呢。”他又常说：“女儿，你欠我许多外孙呢。”

但是她讨厌合婚的火炬，好像这是犯罪的事，使她美丽的脸臊得像玫瑰那么红。她用两只臂膊亲昵地搂着父亲的脖子说：“最亲爱的父亲，答应我，许我终身不嫁。狄安娜的父亲都答应她了。”父亲没办法，只好让步了。但是达佛涅啊，你的美貌使你不能达到你自己的愿望，你的美貌妨碍了你的心愿。日神一见达佛涅就爱上了她，一心想和她结亲。他心里这样想，他就打算这样做。他虽有未卜先知的本领，这回却无济于事。就像收割后的田地上的干残梗一燃就着，或在破晓时，把火把抛到路边，把篱笆墙点着那样，日神也同样被火焰消损着，心中如焚，徒然用希望来添旺了爱情的火。他望着她披散在肩头的长发，说道：“把它梳起来，不知要怎样呢？”

他望着她的眼睛，像闪烁的明星；他望着她的嘴唇，光看看是不能令人满足的。他赞叹着她的手指、手、腕和袒露到肩的臂膊。看不见的，他觉得更可爱。然而她看见他，却风驰电掣地

「名师点拨」作者将阿波罗心中的情感形象化，“燃烧”二字将阿波罗激动、充满爱意的内心活动生动而简洁地描述了出来。

「好词好句」逃之夭夭
徘徊
*他虽有未卜先知的本领，这回却无济于事。

「智慧引路」遇到了困难就应该想办法去解决，一味的发愁是于事无补的，只会让敌人嚣张的气焰更加旺盛。

「专家解疑」风驰电掣：形容像刮风和闪电那样迅速。

在前面不停地跑，他在后面边追边喊："姑娘，珀纽斯的女儿，停一停！我追你，可不是你的敌人。停下来吧！你这种跑法就像看见了狼的羔羊，见了狮子的小鹿，见了老鹰吓得直飞的鸽子，见了敌人的鸟兽。但是我追你是为了爱情，可怜的我真怕你跌倒了，让刺儿刺了你不该受伤的腿，我怕因为我而害你受苦。你跑的这个地方高低不平。我求你跑慢一点儿，不要跑了。我也慢点追赶。停下来吧，看看是谁在追你。我不是什么山里人，也不是什么牧羊人，像野人一样，看守羊群的。鲁莽的姑娘，你不知道你躲避的是谁，因此你才逃跑。我统治着得尔福、克剌洛斯、忒涅多斯、帕塔拉等国土，它们都奉我为主。我的父亲是朱庇特。我能揭示未来、过去和现在；通过我，丝弦和歌声才能协调。我箭无虚发，但是啊，有一支箭比我射得还准，射伤了我自由自在的心。医术是我所发明，全世界的人称我为'救星'，我懂得百草的功效。不幸，什么药草都医不好爱情，能够医治万人的医道却治不好掌握医道的人。"

「好词好句」
高低不平
鲁莽
* 你这种跑法就像看见了狼的羔羊，见了狮子的小鹿，见了老鹰吓得直飞的鸽子，见了敌人的鸟兽。

「哲理名言」
什么药草都医不好爱情，能够医治万人的医道却治不好掌握医道的人。

他还想说下去，但是姑娘继续慌张跑去，他的话没有说完，她已不见，就在逃跑的时候，她也是非常美丽。迎面来的风使她四肢袒露，她奔跑时，她的衣服在风中飘荡，轻风把她的头发吹起，飘在后面。越跑，她越显得美丽。*但是这位青年日神不愿多浪费时间，尽说些甜言蜜语，爱情推动着他，他加紧追赶，就像一条高卢的猎犬在旷野中瞥见一只野兔，拔起腿来追赶，而野兔*

「智慧引路」
爱情具有一种无形的力量，这种力量是巨大的、无穷的，但是我们一定要合理地利用这种力量，切不可因此而误入歧途。

却急忙逃命。猎犬眼看像要咬着野兔，以为已经把它捉住，伸长了鼻子紧追着野兔的足迹；而野兔也不晓得自己究竟是否已被捉住，还是已从虎口里逃了生，张牙舞爪的猎犬已落在后面了。天神和姑娘正是如此，一个由于希望，一个由于惊慌而奔跑。但是他跑得快些，好像爱情给了他一副翅膀，逼得她没有喘息的时候，眼看就追到她身后，他的气息吹着了飘在她脑后的头发。她已经筋疲力尽，面色苍白，在这样一阵飞跑之后累得发晕。她望着附近珀纽斯的河水喊道："父亲，你的河水有灵，救救我吧！我的美貌太招人喜爱，把它变了，把它毁了吧。"她的心愿还没说完，忽然她感觉两腿麻木而沉重，柔软的胸部箍上了一层薄薄的树皮。她的头发变成了树叶，两臂变成了枝干。她的脚不久以前还在飞跑，如今变成了不动弹的树根，牢牢钉在地里，她的头变成了茂密的树梢，剩下来的只有她的动人的风姿了。

「专家解疑」
张牙舞爪：形容猖狂凶恶的样子。

「好词好句」
筋疲力尽
风姿
*我要让罗马大将，在凯旋的欢呼声中，在庆祝的队伍走上朱庇特神庙之时，头上戴着你的环冠。

即便如此，日神依旧爱她，他用右手抚摩着树干，感觉到她的心还在新生的树皮下跳动。他抱住树枝，像抱着人体那样，用嘴吻着木头。但是虽然变成了木头，木头依然向后退缩不让他亲吻。日神便说道："你既然不能做我的妻子，你至少得做我的树。月桂树啊，我的头发上，竖琴上，箭囊上永远要缠着你的枝叶。我要让罗马大将，在凯旋的欢呼声中，在庆祝的队伍走上朱庇特神庙之时，头上戴着你的环冠。我要让你站在奥古士都宫门前，做一名忠诚的警卫，守卫着门当中悬挂的橡叶荣冠。我的头是常

「名师点拨」
这句话从侧面表现出了日神疯狂的爱意，说明他是一个非常痴情的人，与前后文所述的情节内容形成一致。

青不老的，我的头发也永不剪剃，同样，愿你的树叶也永远享受光荣吧！”他结束了他的赞歌。月桂树的新生的枝干摆动着，树梢像是在点头默认。

「好词好句」
赞歌
默认
*花龙太子见此仙姿，魂魄俱消，早忘了师傅南极仙翁的忠告，忘了龙母的训导，想入非非，似魔似痴地迷上何仙姑了。

八仙斗花龙

传说，有一天八仙要到东海去游蓬莱岛。本来，腾云驾雾，眨眼就可到，可是吕纯阳偏偏别出心裁，提出要乘船过海，观赏海景。他拿来铁拐李的拐杖，往海里一抛，喝声“变”，顿时变成一艘宽敞、漂亮的大龙船，八位大仙坐船观景，喝酒斗歌，好不热闹。不料，因此惹出一场麻烦来。

「专家解疑」
别出心裁：独创一格，与众不同。
楚楚：①鲜明；整洁。②(姿势)娇柔；纤弱；秀美。

原来，龙宫里有条花鳞恶龙，是龙王的第七个儿子，称为“花龙太子”。这天，他闲得没事，在水晶宫外游荡，忽闻海面上有仙乐之声，便循声寻去，猛见一条雕花龙船，内坐八位奇形怪状的大仙，其中有个妙龄女郎，桃脸杏腮，楚楚动人。花龙太子见此仙姿，魂魄俱消，早忘了师父南极仙翁的忠告，忘了龙母的训导，想入非非，似魔似痴地迷上何仙姑了。

「名师点拨」
作者用排比的手法将八仙各显神通的画面生动地描绘了出来，增强了语句的气势，加强了语言的感染力。

八仙在海上寻欢作乐，怎会想到花龙太子半路挡道。平静的海面突然掀起一个浪头，将雕花龙船打翻了。张果老眼尖，翻身爬上毛驴背；曹国舅心细，脚踏笏板浪里漂；韩湘子放下仙笛当坐骑；汉钟离打开蒲扇垫脚底；蓝采和攀住了花篮边；铁拐李失了拐杖，幸亏抱着个葫芦；只有吕纯阳，毫无戒备，弄了个浑身湿透。

这时，汉钟离慌忙检点人数。点过来，点过去，只有七位大仙。男的俱在，独缺一个何仙姑。奇怪，这何仙姑到哪里去了呢？汉钟离掐指一算，大吃一惊，原来是花龙太子拦路抢亲，把何仙姑抢到龙宫里去了。

这一回，大仙们可大动肝火了。个个咬牙切齿，杀气腾腾，直奔龙宫。

「专家解疑」
肝火：①中医指由肝的功能亢进而引起的火气，症状是头晕、易怒、口苦、吐血等。②指容易急躁的情绪；怒气。

花龙太子知道七仙不会善罢甘休，早在半路上伺候着。他见大仙们来势凶猛，慌忙挥舞珍珠鳌鱼旗，催动虾兵蟹将，掀起漫海大潮，向七仙淹来。汉钟离挺着大肚子，飘飘然降落潮头，轻轻扇动蒲扇。只听“呜……呼……”一声，一阵狂风把万丈高的海浪和虾兵蟹将都扇到九霄云外去了，吓得四大天王连忙关了南天门。花龙太子见汉钟离破了他的阵势，忙把脸一抹，喝声“变”。海里突然蹿出一条巨鲸，张开闸门似的大口来吞汉钟离。

「名师点拨」
这句话承上启下，既交代了众仙对何仙姑被抢之事的反应，也为后面的海上大战拉开了序幕。

汉钟离急忙扇动蒲扇，不料那巨鲸毫无惧色，嘴巴越张越大。这下，汉钟离可慌了神了。正在危急中，忽然传来韩湘子的仙笛声。那笛声悠扬悦耳，鲸鱼听了，斗志全无，竟朝韩湘子歌舞参拜起来，渐渐浑身酥软，瘫成一团。

吕纯阳挥剑来斩鲸鱼，谁知一剑劈下去火星四溅，锋利的宝剑斩出个缺口。

「好词好句」
火星四溅
锋利
*那笛声悠扬悦耳，鲸鱼听了，斗志全无，竟朝韩湘子歌舞参拜起来，渐渐浑身酥软，瘫成一团。

仔细一看，眼前哪儿有什么鲸鱼，分明是块大礁石。*吕纯阳恼得火冒三丈，铁拐李却在一旁笑眯眯地说：“莫恼！莫恼！待我来收拾它！”*

「智慧引路」面对同样的问题吕纯阳发怒，铁拐李发笑。因性格和观念不一样，因而在面对同样的事情时，人们的看法也会不尽相同。

只见铁拐李向海中一招手，它的那根拐杖“唰”地蹿出海面。铁拐李拿在手中，一杖打下去，不料打在一堆软肉上。原来，海礁已变成一只大章鱼，拐杖被章鱼的手脚缠住了。要不是蓝采和的花篮罩下来，铁拐李早被章鱼吸到肚皮里去了。原来这巨鲸和章鱼都是花龙太子变的。这时，他见花篮当头罩来，慌忙化作一条海蛇，向东逃窜。张果老拍手叫驴，撒蹄追赶。眼看就要追上，不料毛驴被蟹精咬住脚蹄，一声狂叫把张果老抛下驴背。幸亏曹国舅眼明手快，救起张果老，打死了蟹精。

花龙太子输红了眼，现出本相，闪耀着五颜六色的龙鳞，摆动着七支八叉的龙角，张舞着尖利的龙爪，向大仙们猛扑过来。七位大仙各显法宝，一齐围攻花龙太子。

「好词好句」
逃窜
平息
*花龙太子输红了眼，现出本相，闪耀着五颜六色的龙鳞，摆动着七支八叉的龙角，张舞着尖利的龙爪，向大仙们猛扑过来。

花龙斗不过七仙，只得向龙王求救。

龙王听了，把花龙太子痛骂了一顿，连忙送出何仙姑，好话讲了一百零五斗，八仙还是不肯罢休。龙王没办法只好请来南海观音大士讲和，一场风波总算平息。八仙再也没有兴趣去游蓬莱岛了。大家都怪吕纯阳节外生枝，才寻来一场懊恼。吕纯阳笑着说：“这要怪何仙姑，谁叫她是个女的，又生得这么漂亮！”

「专家解疑」节外生枝：比喻在问题之外又岔出了新问题。

刑天舞干戚

「好词好句」
酷爱
过关斩将
*后炎帝被黄帝推翻，屈居到南方做了小小一名天帝。虽然炎帝忍气吞声，不敢和黄帝抗争，但他的子孙和手下却不服气。

「专家解疑」
轻歌曼舞：轻松愉快的歌声和柔和优美的舞蹈。

「名师点拨」
作者通过心理描写解释了刑天与黄帝大战的真正原因，使故事的结构更加紧凑，情节更加贴近生活。

当炎帝还是统治全宇宙的天帝的时候，刑天是炎帝手下的一位大臣。他生平酷爱音乐，曾为炎帝作乐曲《扶犁》，作诗歌《丰收》，总名称为《卜谋》，以歌颂当时人民幸福快乐的生活。

后炎帝被黄帝推翻，屈居到南方做了小小一名天帝。虽然炎帝忍气吞声，不敢和黄帝抗争，但他的子孙和手下却不服气。当蚩尤举兵反抗黄帝的时候，刑天曾想去参加这场战争，只是因为炎帝的坚决阻止没有成行。蚩尤和黄帝一战失败，蚩尤被杀死，刑天再也按捺不住他那颗愤怒的心，于是偷偷地离开南方天庭，径直奔向中央天庭，去和黄帝争个高低。

刑天左手握着长方形的盾牌，右手拿着一柄闪光的大斧，一路过关斩将，砍开重重天门，直杀到黄帝的宫前。黄帝正带领众大臣在宫中观赏仙女们的轻歌曼舞，猛见刑天挥舞盾斧杀将过来，顿时大怒，拿起宝剑就和刑天搏斗起来。两人剑刺斧劈，从宫内杀到宫外，从天庭杀到凡间，直杀到常羊山旁。

常羊山是炎帝降生的地方，往北不远，便是黄帝的诞生地轩辕国。轩辕国的人个个人脸蛇身，尾巴缠绕在头顶上。两人都到了自己的故土，因而战斗格外激烈。刑天想，世界本是炎帝的，现在被你窃取了，我一定要夺回来。黄帝想，现在普天下邦安民乐，我轩辕子孙昌盛，岂容他人染指！于是每人都使出浑身解数，

恨不得将对方一下杀死。

黄帝到底是久经沙场的老将，又有九天玄女传授的兵法，便比刑天多些心眼，觑个破绽，一剑向刑天的颈脖砍去，只听“咔嚓”一声，刑天的那颗像小山一样的巨大头颅，便从颈脖上滚落下来，落在常羊山脚下。

「智慧引路」兵不厌诈，黄帝与刑天的真实武力本相差不远，只是黄帝多了一些实践经验，于是也就取得了这场胜利，可见，实践经验对于一个人的成败有着多么重要的作用。

刑天一摸颈脖上没有了头颅，顿时惊慌起来，忙把斧头移到握盾的左手，伸出右手在地上乱摸乱抓。他要寻找到他那颗不屈的头颅，安在颈脖上再和黄帝大战一番。他摸呀摸呀，周围的大小山谷被他摸了个遍，参天的大树，凸出的岩石，在他右手的触摸下，都折断了，崩塌了，还是没有找到那颗头颅。他只顾向远处摸去，却没想到头颅就在离他不远的山脚下。

黄帝怕刑天真的摸到头颅，恢复原身又来和他作对，连忙举起手中的宝剑向常羊山用力一劈，随着“轰隆隆”“哗啦啦”的巨响，常羊山被劈为两半，刑天的巨大头颅骨碌碌地落入山中，两山又合而为一，把刑天的头颅深深地埋葬起来。

「专家解疑」身首异处：身体和头颅分在两处，指被杀头，也泛指被害或遇难。

听到这异样的响声，感觉到周围异样的变动，刑天停止摸索头颅。他知道狠毒的黄帝已把他的头颅埋葬了，他将永远身首异处。他呆呆地立在那里，就像是一座黑沉沉的大山。想象着黄帝那扬扬得意的样子，想象着自己的心愿未能达到，他愤怒极了。他不甘心就这样败在黄帝手下。突然，他一只手拿着盾牌，一只手举起大斧，向着天空乱劈乱舞，继续和眼前看不见的敌人拼死搏斗起来。

「好词好句」
扬扬得意
甘心
*他呆呆地立在那里，就像是一座黑沉沉的大山。

这种景象是多么壮观啊！失去头的刑天，赤裸着他的上身，似是把他的两乳当作眼，把他的肚脐当作口，他的身躯就是他的头颅。那两乳的“眼”似在喷射出愤怒的火焰，那圆圆的脐上，似在发出仇恨的咒骂，那身躯的头颅如山一样坚实稳固，那两手拿着斧和盾，挥舞得是那样的有力。

「好词好句」
愤怒
稳固
*看着无头刑天还在愤怒地挥舞盾斧，黄帝心里一阵战栗，不由自主地害怕起来。

看着无头刑天还在愤怒地挥舞盾斧，黄帝心里一阵战栗，不由自主地害怕起来。他不敢再对刑天下毒手，悄悄地溜回天庭去。

那断头的刑天，至今还在常羊山的附近，挥舞着手里的武器呢。

潘多拉——宙斯的“礼物”

人类不知道宙斯仇视普罗米修斯，他们在祭神时歌颂普罗米修斯为他们带来火种。宙斯对此十分恼怒，就想方设法惩罚人类。

宙斯吩咐他的儿子，心灵手巧的赫菲斯托斯捏一个女性泥人，让她美貌动人，具有神灵，长生不老。赫菲斯托斯用黏土和水，照着女神的模样捏出一个少女。这个少女非常美丽、非常迷人，奥林匹斯山上的众神都很喜欢她。智慧女神雅典娜和美惠女神为她穿衣打扮，给她戴上漂亮的头饰、闪闪发光的金项链，还给她佩戴上春天盛开的鲜花。神的使者赫耳墨斯教她说谎、狡辩和奸诈等恶性。其他众神都分别送给她一件礼物。赫耳墨斯为她取名潘多拉，希腊语的意思是“被赐予一切的”。潘多拉打扮好以后，宙斯吩咐赫耳墨斯把她带到人间，送给普罗米修斯的弟弟厄庇墨透斯做妻子。告别时，宙斯赠给潘多拉一件与众不同的礼物——好奇心。

厄庇墨透斯与其兄普罗米修斯恰恰相反，他头脑简单，轻浮健忘。他经常办傻事，又不能吸取教训，正如他名字所表达的意思那样，他是个后知后觉的人。

「专家解疑」

心灵手巧：心思灵敏，手灵巧，形容人聪明能干。

头饰（shì）：戴在头上的装饰品。

「好词好句」

与众不同

轻浮健忘

*他经常办傻事，又不能吸取教训，正如他名字所表达的意思那样，他是个后知后觉的人。

赫耳墨斯带着潘多拉来到厄庇墨透斯面前，对他说道："这是宙斯天神送给你的礼物，是给你当妻子的。"

厄庇墨透斯一见到这美丽动人的女人，激动万分。先知先觉的哥哥普罗米修斯曾经多次告诫他不得收受宙斯的礼物，但此时此刻，他已被潘多拉迷住了，把兄长的嘱咐抛在脑后。他欣然接受了宙斯的礼物，同潘多拉建立了人间的第一个家庭。当初普罗米修斯创造人类时，只造了男人，如今潘多拉作为人间的第一个女性，第一个母亲，给人间带来了家庭和后代。

潘多拉和厄庇墨透斯共同生活了一段时间，*她的好奇心——宙斯的礼物——便开始发作。*当她发现丈夫身边存放着一个匣子时，便忍不住想看看里面装的是什么。厄庇墨透斯说没有神的允许不能打开这个匣子。

潘多拉被好奇心折磨得吃不下，睡不好，总想打开匣子看一看里面装着什么奇珍异宝。

有一天，她趁丈夫外出时，终于忍不住揭开了匣子盖。这一揭可不得了，从匣子中飞出许多千奇百怪的东西。各种各样的饥荒、祸害、灾难、疾病一起飞了出来，布满人间。她终于替宙斯实现了惩罚人类的阴谋。*潘多拉知道自己闯了大祸，后悔莫及。*她赶快盖上匣子盖，可是为时已晚。匣子里所有的坏东西都已经飞散到人间，再也收不回来了，它们给人世间造成了许多天灾人祸。值得庆幸的是，匣子里面不全是坏东西。聪明的普罗米修斯把"希

「好词好句」
美丽动人
折磨
*先知先觉的哥哥普罗米修斯曾经多次告诫他不得收受宙斯的礼物，但此时此刻，他已被潘多拉迷住了，把兄长的嘱咐抛在脑后。

「智慧引路」
对自己不了解的事物，每个人都会萌生出好奇心，但一定要坚守住自己的底线，不能因为自己的好奇心而做出损害他人的事情。

「智慧引路」
我们做任何事情之前都要多动脑筋，要学会听从别人的劝告，尊重前人的经验和教训，不可一时头脑发热，自行其是。

望”放在匣子的底部。正是由于希望依然存在，人类不论遇到多大困难，都会同厄运抗争，并最终取得胜利。

「哲理名言」正是由于希望依然存在，人类不论遇到多大困难，都会同厄运抗争，并最终取得胜利。

后羿射日

远古的时候，天上有十个太阳同时出现，强烈的阳光把土地烤焦了，庄稼都枯萎了，人们热得喘不过气来，倒在地上昏迷不醒。因为天气酷热的缘故，一些妖怪猛兽，也都从干涸的江湖和闷热的大森林里跑出来，残害人类。

「好词好句」惊动 马不停蹄 *因为天气酷热的缘故，一些妖怪猛兽，也都从干涸的江湖和闷热的大森林里跑出来，残害人类。

人类的灾难惊动了天帝，天帝命令箭神后羿下凡到人间，救助人类脱离苦难。后羿带着天帝赐给他的一张红色的弓，一口袋白色的箭，还带着他美丽的妻子嫦娥一起来到人间。

到人间后，*后羿先是劝说十个太阳每天轮流出来一个，这样既给大地温暖、给人类光明，又避免把大地烤得太热，但是太阳们并不听从后羿的劝说。*被激怒的后羿开始了射日的战斗。他从肩上拿下那红色的弓，取出白色的箭，向骄横的太阳们射去，不久，十个太阳便被射下九个。天上只剩下了一个太阳，人类可以安居乐业了，因此他们非常感谢后羿的帮助。

「智慧引路」后羿先对太阳们进行劝说，这并非示弱，而是为了免除不必要的纷争。能够不战而屈人之兵，达到自己的目的，才是最上乘的计策。

解除了十日并出的灾难，后羿马不停蹄，日夜兼程，去捕猎肆虐人间的怪兽。中原地区，以窒窳、封稀为害最烈。窒窳本是黄帝辖下的一国诸侯，不幸被贰负和危暗杀了。黄帝怜悯他无辜

丧命，请巫彭、巫抵、巫阳、巫履、巫凡、巫相六大神医上昆仑山会诊，研制出不死神药使他死而复生。窫窳的命是捡回来了，却完全迷失了本性，刚一醒来，就连滚带爬地窜下山，一头扎进弱水，变成了一条龙首虎爪、叫声如婴儿啼哭的吃人怪兽。后羿深入窫窳巢穴，仅一箭，就令它死了第二回，这一回是死有余辜。

在中原的桑林还有一头獠牙如戟、力胜百牛、铁骨铜皮的大野猪封稀。封稀横冲直撞，拱毁庄稼、村落，所经之地顿成废墟。后羿左右施射，刺瞎野猪双睛，将它生擒活捉。

诛杀窫窳、捕获封稀之后，后羿转战南方，在寿华之野追及凿齿。凿齿人身兽脸，它的杀人利器是凸出嘴外的两根五六尺长、形似凿子的牙齿，为了应付弓箭，它特地带上一面巨大而坚固的盾牌。它至死也没弄清楚，后羿的神箭是如何穿透盾牌，扎进它心窝的。

修蛇盘踞洞庭湖，掀波作浪，覆舟无数，吃人无数。它风闻神射手后羿已至南方，便潜伏湖底，销声匿迹。万顷波涛掩盖妖踪，后羿的神奇射技也就没有了用武之地。他毅然舍弓持剑，跃入深不可测的大湖，历千险万难，终于在滔天白浪中剑断长蛇，洞庭湖水竟给蛇血染红了一半。

北方，五头怪五婴仍在凶水一带喷火吐水，淹乡焚城；东方，巨型鸟大风仍在青丘之泽掀起狂风，毁屋拔树。后羿东征青丘泽，用青丝绳系于箭尾，一箭射中闪电式飞掠的大风。那大风力

「智慧引路」
为人应当学会感恩，窫窳既然死而复生，就应该对黄帝心存感激，为天下苍生谋求福利，如此才不枉费黄帝的一片善心。

「专家解疑」
死有余辜：虽死也抵偿不了罪过，形容罪大恶极。

「好词好句」
横冲直撞
销声匿迹
* 他毅然舍弓持剑，跃入深不可测的大湖，历千险万难，终于在滔天白浪中剑断长蛇，洞庭湖水竟给蛇血染红了一半。

大善飞，尚欲带伤逃生，无奈箭上系绳，只能像只风筝一样被后羿收回。

五头怪五婴自恃有五颗脑袋、五条命，丝毫不惧北伐的后羿。它五口齐张，喷吐出一道道毒焰、一股股浊流，交织成一张凶险的水火网，企图将后羿困住。后羿知道五婴有五条命，射中一个头，它非但不会死，而且能很快痊愈，故再使连环箭法，五支箭几乎同一时刻插到了五婴的五颗头上，五婴的五条性命一条也没留下。

后羿的功绩受到了其他天神的妒忌，他们到天帝那里去进谗言，使天帝疏远了后羿。天帝最后决定把后羿和他的妻子嫦娥贬斥到人间，不许他们再回到天上。受了委屈的后羿和嫦娥只好隐居人间，靠后羿打猎为生，生活十分清苦。

随着时间的流逝，后羿觉得对不起受他连累而谪居下凡的妻子。他听说昆仑山上的神仙西王母有一种神药，吃了这种神药，人就可以升天。于是，他跋山涉水，历尽千辛万苦，到昆仑山

「好词好句」

无奈

妒忌

*它五口齐张，喷吐出一道道毒焰、一股股浊流，交织成一张凶险的水火网，企图将后羿困住。

「专家解疑」

谗言：毁谤的话；挑拨离间的话。

向西王母讨神药。遗憾的是，西王母的神药只够一个人使用。后羿既舍不得抛下自己心爱的妻子自己一个人上天，也不愿妻子一个人上天而把自己留在人间，所以他把神药带回家后就悄悄藏了起来。

*但是嫦娥却过不惯清苦的生活，趁后羿不在家的时候，她找到了神药，并独自服下。*顿时，嫦娥觉得身体越来越轻，缓缓向天上飘去，最后来到月亮上，住进了广寒宫。后羿发现妻子离开自己独自升天后，十分伤心，但又绝对不能用神箭伤害她，只好跟她告别。

后羿现在是孤单一个人了，他继续以打猎为生，并且招收徒弟，教他们射箭。他的徒弟当中有一个叫逄蒙的人，进步很快，不久射箭的本领就非常高明了。但他觉得只要后羿存在，自己就不能算天下第一，所以有一次趁老师喝醉酒，从背后把后羿射死了。

再说嫦娥虽然到了月亮上，但这里只有一个捣药的小兔子和一位砍树的老头。她想起了过去与丈夫共同度过的美好时光和人世间的温情，备觉孤独和凄凉，所以整天闷闷不乐。

「好词好句」
遗憾
温情
*顿时，嫦娥觉得身体越来越轻，缓缓向天上飘去，最后来到月亮上，住进了广寒宫。

「智慧引路」
关于嫦娥吞药飞升的传说，历来存有多种说法，对嫦娥的评价亦是有褒有贬，小朋友可在课余时间与知道该传说的师长或朋友进行讨论，以求增益。

「专家解疑」
闷闷不乐：因有不如意的事而心里不快活。

名家品评

精卫为了向夺取自己生命的大海复仇，不断地衔石子和树枝填大海，坚持不懈的精神感动了中国人几千年；沉香为救出压在华山下的母亲，历尽千难万险学成绝艺，终于感动了天神，救出了母亲；刑天被黄帝砍掉头颅后，以双乳为眼、肚脐为口，仍然战斗不息……小朋友从小就应该磨砺自己的意志，培养出一种不折不饶的性格，只有勇于同困难做斗争，才能迎来更大的胜利。

阅读思考

1. 吉利是怎样为母亲报仇的？
2. 潘多拉的匣子里面有哪些东西？
3. 嫦娥为什么要吞药升天？

第四章
历史篇

在任何时代，历史的车轮都是在众多英雄人物的推动下才能滚滚前进的，带动人类走向一个崭新的局面。自远古人类发明了钻木取火之术后，嫘祖又是如何发明了养蚕术的？中国酒神杜康因祸得福，在无意之中创造了酿酒之术，那么古希腊酒神狄俄尼索斯又在“酒文化”方面做出了哪些突出贡献呢？

海姆道尔和人类的等级

众神的首领之一海姆道尔和托尔一样，是立过誓言的人类的保护神。他除了日夜**警惕**地守卫着亚萨园的大门，密切注意彩虹桥上下的一举一动外，也曾到人类的中间园有过一番游历，并且为人类制定了奴隶、自由人和贵族三个等级。

「专家解疑」
警惕：对可能发生的危险情况或错误倾向保持敏锐的感觉。

传说有一次，海姆道尔化名里格，踏上了前往人类中间园的大道。在行程之始，他来到一户老年夫妻的家中。老夫妻过着非常贫穷的日子，穿着十分寒酸；但他们热情地接待了里格，请他坐在屋子的中央。叫作埃达的妻子端上了一块又厚又硬、烤得十分粗劣的面包，还有一碗肉，请里格吃。面包生涩无味，肉也是用清水草草煮熟的，但这已是老夫妻倾其所有的最好食物了。

「名师点拨」
这对老夫妻倾其所有款待里格，反映出了贫苦人家的淳朴与善良，与现实生活中农民百姓的思想和行为相一致，容易引起读者的共鸣。

里格在这户人家住了三天，每天晚上都睡在这对老夫妻的中间。这样，里格离开以后，女主人埃达生下了一个男孩。在第一次给孩子沐浴的时候，埃达为他起名叫作特拉耳。特拉耳是一个非常壮实的孩子，有一头黑色的头发和一双神情呆滞的眼睛。长大以后，*他显得非常丑陋，粗手大脚，双腿弯曲，而且皮肤粗糙如革。但是，特拉耳却非常勤勉，每天日出而作，日落而息，把大捆的柴火扛回家中。*

「智慧引路」
现在的人们大多都以貌取人，忽视了人的品行与能力的高低，从而失去了很多朋友或是人才。希望小朋友们记住，相貌并不代表人的好坏。

有一天，一个双腿同样弯曲的难看姑娘来到了他的家中。那姑娘一脚的泥污，大大咧咧地坐在了屋子的当中。于是他们在一起打闹取笑，晚上就睡在了一起。这一对丑陋的男女成了夫妻以后，生下了许多丑陋高大的孩子，并且繁衍出许多后代。人类中的奴隶等级因此而产生。

在里格的人间之旅中，他来到的第二户人家是一个小康家庭。在他来访的时候，夫妻两人正忙于工作，丈夫在把木条削成纱锭，妻子则正在挥动手臂，纺纱编织。他们见到里格后也请他坐在了屋子中央，热情地招待。进餐的时候里格坐在夫妻的中间，享用了他们最好的食物。在这户人家，里格也住了三天，每天晚

「好词好句」
来访
热情
* 这一对丑陋的男女成了夫妻以后，生下了许多丑陋高大的孩子，并且繁衍出许多后代。

上同样睡在夫妻两人的中间。里格离开以后，长得相当秀气的女主人也生下了一个儿子，在给他沐浴时起名为卡尔。

「专家解疑」
秀气：①清秀。②（言谈、举止）文雅。③（器物）小巧灵便。

卡尔迅速地长大成人了。他高大有力，眼神灵活，性情十分温良。卡尔也特别能干，能建造房屋、锻造农具，也能耕田播种、饲养牲畜。

一个衣裙上挂着钥匙、精明干练的姑娘爱上了勤快的卡尔，他们互相交换了戒指，建立了一个男耕女织的小康家庭。卡尔夫妻也生下了许多孩子，并由此繁衍出了人类中的自由人。

「好词好句」
繁衍
造访
* 在精美的屋舍里他见到了悠闲地坐着的男女主人，互相触碰手指取乐。

里格最后造访的是一个富裕的家庭，在精美的屋舍里他见到了悠闲地坐着的男女主人，互相触碰手指取乐。女主人穿着丝绸的衣服，美丽非凡。她的乳房高耸，皮肤像雪一样洁白而细腻。在这里，里格也受到了尊敬和热情的款待。就餐的时候，桌面上是精致的桌布和银子打造的餐具，食物也非常精美可口，有烤火腿和家禽的肉，还有用金杯斟上的美酒。在这户人家，里格也做了三天的客，每晚在华床上睡在夫妻的中间。里格离开后九个月，美丽的女主人生下了一个男婴，在沐浴的时候取名为雅尔。雅尔长得金发碧眼，英俊无比，从小就穿着丝绸做成的衣服。长大以后，雅尔学的全是高贵的事情，骑马击剑，弯弓狩猎。*后来，里格再次来到了这户人家，教给了雅尔卢尼文字和许多高深的学问，并且鼓励他闯荡世界，建功立业。*

「智慧引路」
世界上，正是因为有长者、能者对晚辈的不断教导、鼓励，历史的车轮才能滚滚前行，人类的文明才能得以传承下来。

雅尔不负里格所望，骑马向远方出征。在一片森林边缘的美

「专家解疑」惊心动魄：形容使人感受很深，震动很大。

丽地方，他和那里的战士进行了一场惊心动魄的战斗，并获得了最终的胜利，因而也获得了那片国土。这样，他拥有了十八户人家的属地，成为一方之主。后来，他娶了一个聪明美丽的富人之女为妻，而且生下了十二个高大英俊、雄壮有力的儿子。

「好词好句」出征 繁衍 *后来，他们看到鸟儿在树上做窝，野兽爬不上去，不能伤害它们，就学着鸟儿的样，在树上做起窝来，也就是在树上造一座小屋。

雅尔的儿子们都精于骑射，人人都是伟大的战士。他们不断地向四方出征，获得了无数的属地，因而也就成了国王和诸侯。从这些国王和诸侯开始，人类就繁衍出了贵族等级。

钻木取火的传说

原始人群到氏族公社初期人类生活是怎样进化的，我国古代也有许多传说。传说中有一些大人物，往往既是首领，又是发明家。这种传说多半是古人根据远古时代的原始人生活想象出来的。

原始人的工具十分简单，周围又有许多猛兽，随时随地会遭到它们的伤害。后来，他们看到鸟儿在树上做窝，野兽爬不上去，不能伤害它们，就学着鸟儿的样，在树上做起窝来，也就是在树上造一座小屋。这样就安全得多了。后来的人把这叫作“构木为巢”。是谁发明的呢？当然是大家一起摸索出来的。但是在传说中，却把这件事说成有一个人教大家这样做的，他的名字叫作“有巢氏”。

「名师点拨」这句话既是对后文钻木取火故事发生原因的背景解说，也启示读者人类总在不断进步的道理。

最早的原始人，还不知道利用火，东西都是生吃的；生吃植物果实还不算，就是打来的野兽，也是生吞活剥，连毛带血一起吃了。后来，才发明了用火。

火在自然界早就有了，火山爆发，有火；打雷闪电的时候，树林里也会起火。可是原始人开始看到火，不会利用，反而怕得要命。后来偶尔捡到被火烧死的野兽，拿来一尝，味道挺香。经过多次的试验，人们渐渐学会用火烧东西吃，并且想法子把火种保存下来，使它长年不灭。

又过了相当长的时期，人们把坚硬而尖锐的木头，在另一块硬木头上使劲地钻，钻出火星来；也有的把燧石敲敲打打，敲出火星来。是谁发明的呢？当然是劳动人民，但是传说中又说成是一个人，叫作“燧人氏”。

人工取火是一个了不起的发明。从那时候起，人们就随时可以吃到烧熟的东西，而且食物的品种也增加了。据说，燧人氏还教人捕鱼。原来像鱼、鳖、蚌、蛤一类东西，生的有腥臊味不能吃，有了火，就可以烧熟来吃了。

*不知过了多少时间，人们开始用绳子结网，用网去打猎，还发明了弓箭，这比光用木棒、石器打猎要强得多。*不但平地上的走兽，就是天空上的飞鸟，水里的游鱼，都可以射杀、捕捉。捕来的鸟兽，多半是活的，一时吃不完，还可以留着、养着，留到下次吃。这样，人们又学会了饲养。这种结网、打猎、养牲口的活，都是人们在劳动中共同积累起来的经验。传说中却说发明这些事

「好词好句」
生吞活剥
尖锐
*经过多次的试验，人们渐渐学会用火烧东西吃，并且想法子把火种保存下来，使它常年不灭。

「专家解疑」
品种：①经过人工选择和培育、具有一定经济价值和共同遗传特点的一群生物体(通常指栽培植物、牲畜、家禽等)。②泛指产品的种类。

「智慧引路」
随着历史车轮的滚滚前行，生产力在不断进步，人们积累的生活经验也越来越丰富，改造自然的水平也越来越高，这些都充分说明了知识和经验是人类进步的阶梯。

的人是“伏羲氏”，或者叫“庖牺氏”。

这种渔猎的时期又不知经过了多少年，人类的文明越来越进步。开始，人们偶尔把一把野谷子撒在地上；到了第二年，发现地面上生出苗来；一到秋天，又长成了更多谷子。于是，人们就大量栽种起来。他们用木头制造耕地的农具，叫作耒耜。他们用耒耜耕地，种植五谷，收获量就更大了。后来传说中把这些种庄稼的人说成是一个人，名叫“神农氏”。

传说中的神农氏还亲自尝过各种野草野果的味儿，有甜的，也有苦的，甚至碰到有毒的。他不但发现了许多可以吃的食物，还发现了许多可以治病的药材。据说，医药事业就是从那时候开始的。

从有巢氏到神农氏，这些传说中的大人物实际上是不存在的。但是从构木为巢，钻木取火，一直到渔猎、畜牧，发展农业，反映了原始人生产力的发展，倒是有一定道理的。1952 年，在陕西西安半坡村发现了一处大约六七千年以前的氏族村落遗址。从遗址中发掘出来的东西来看，那个时期的人已经学会饲养和农耕了。

「名师点拨」关于五谷，古代有多种不同说法，最主要的有两种：一种指稻、黍、稷、麦、菽；另一种指麻、黍、稷、麦、菽。两者的区别是：前者有稻无麻，后者有麻无稻。古代经济文化中心在黄河流域，稻的主要产地在南方，而北方种稻有限，所以“五谷”中最初无稻。

「好词好句」
遗址
发掘
*传说中的神农氏还亲自尝过各种野草野果的味儿，有甜的，也有苦的，甚至碰到有毒的。

嫘祖养蚕

相传远古时候，中条山的北面是一片桑林，林边坐落着一个村庄，每当太阳出山，桑林的阴影遮着村庄，人们便叫它西阴。

西阴村里住着一位姑娘，名叫嫘祖，长得很好看。嫘祖的妈妈早年病亡，爹爹是黄帝手下的一员大将，常年出征在外，家里只剩下她和一匹心爱的小白马。

嫘祖常常想念爹爹，每逢过年过节，她都要抚摸着小白马诉说忧愁。这年中秋节的晚上，邻家传来团圆的笑声，嫘祖鼻子一酸，流出伤心的眼泪，这时，站在身旁的小白马突然掉过头来，轻轻地舔着她脸上的泪水。嫘祖心里一动，忙用双手托住马头，笑着说：“*马儿啊马儿，你要是真懂人情，就到军中接回我的爹爹，那时，我就和你成亲。*”嫘祖话刚落，小白马一声呼叫，冲出家门。

「好词好句」
忧愁
欢喜
*这年中秋节的晚上，邻家传来团圆的笑声，嫘祖鼻子一酸，流出伤心的眼泪。

「智慧引路」
嫘祖对白马的言语一半属于戏言，一半却是源于对父亲的思念，从言语中不难看出她是一个孝顺的人。

小白马跑出村庄，跑啊跑啊，一直跑到军中，跑到嫘祖爹爹的面前。它又蹦又跳，又踹又叫，闹得嫘祖爹爹摸不着头脑。嫘祖爹爹只得问它：“家中出了啥事？”只见白马扭过头朝着来路叫了几声，一声比一声悲哀。爹爹觉得不好，赶忙跨上白马，连夜朝家赶来。

第二天天明，小白马驮着将军跑回西阴。父女相见后十分欢喜，却把小白马忘到了一边。这时，小白马就大声叫了起来，意思是说：“嫘祖啊，嫘祖，你说的和我成亲呢？”嫘祖急忙跑回屋里拿出最好的饲料添在槽中，谁知白马一直不吃不喝，总是冲着嫘祖不停地叫唤。爹爹觉得奇怪，就问女儿：“这匹马到底怎么了？”嫘祖被这样一问，当下红了脸，只是不说话。爹爹再三

「专家解疑」
饲（sì）料：喂家畜、家禽等的食物。
叫唤：①大声叫。②（动物）叫。

追问，她才说出同马的戏言。爹爹十分生气，当下拉弓搭箭，“嗖”的一声射死了白马，然后气狠狠地剥下马皮，扔到了屋前。

爹爹走后，嫘祖又羞又悔，急忙跪在马皮跟前，伤心地说：“马儿啊马儿，怨我做错了事，害了你的性命，今生不能如愿，来世一定报答你的恩情。”正在这时，邻居的姑娘雪花来找嫘祖玩耍，见她跪在马皮跟前，觉得十分奇怪，定要追问根底。嫘祖拗不过她，只好说了实话。谁知雪花听了以后，用脚踏着马皮说：“好你个畜生，真不知羞耻，还想和我嫘祖姐姐成亲……”雪花的话音未落，就见平地掀起一股狂风，马皮腾空而起，紧紧地裹着雪花翻卷飘摇而去。

嫘祖一阵惊慌，赶忙朝着马皮追去。追啊，追啊，她一边追，一边喊：“雪花——雪花——”追出了村庄，追进了桑林，可是桑林中除了她的喊声，再也听不到雪花姑娘的回音。

嫘祖整整追了一天，累得浑身酸痛，实在没有力气再往下追了，就倒在一棵树下睡着了。不知过了多长时间，耳旁突然响起“嘻嘻”的逗乐声。嫘祖睁眼一看，啊，那裹着雪花的马皮竟夹在身边这棵桑树的树杈里，嫘祖慌忙喊道：“雪花！雪花！”谁知这张马皮却在她的喊声中渐渐收缩，她喊得越紧，马皮缩得越快，最后竟缩成大拇指般大小的小白团。小白团紧紧地粘在桑树上，嫘祖取不下来，只好天天来看望。

几天以后，小白团里飞出了一个美丽的小白娥。它的两弯眉

「专家解疑」
戏言：①随便说说，并不当真的话。②开玩笑地说。

「好词好句」
腾空而起
慌忙
*正在这时，邻居的姑娘雪花来找嫘祖玩耍，见她跪在马皮跟前，觉得十分奇怪，定要追问根底。

「名师点拨」
作者通过对嫘祖锲而不舍的描写，从侧面说明了那张马皮飞得迅速，给故事增添了一层离奇的色彩。

毛，一双眼睛都和雪花姑娘的眉眼一模一样。嫘祖觉得新奇，还是照常天天看望。

又过了几天，小白娥突然死落在地上。嫘祖十分伤心。她想，肯定是害虫伤害了它，就在桑树上找起来，可是找呀，找呀，什么害虫也没有找到，找到的只是桑叶上粘着许多小黑粒。*这些小黑粒又渐渐蠕动出许多小黑虫。小黑虫整天啃吃着桑叶，爬满了周围的桑树，几天以后，小黑虫又变成了小白虫，一个个出落得十分漂亮。*它们的头像小白马的头，只是少了耳朵。它们抬头站在桑叶上的姿态也和小白马一模一样，只是洁白发亮的身体像是雪花姑娘俊美的身材。

「智慧引路」任何事情都在默默地发生着变化，不可以一成不变的眼光或观念去看待人和事物。

「好词好句」
恩情
贡献
*它们抬头站在桑叶上的姿态也和小白马一模一样，只是洁白发亮的身体像是雪花姑娘俊美的身材。

“啊，是她，是它！是他们的后代！”嫘祖姑娘终于发现了秘密。为了报答小白马和雪花姑娘的恩情，嫘祖就把这些小白虫一条条收回家中，放在院中的筐篮里，每天都要到桑林中采摘最好的桑叶喂养它们。时间一天天过去，小白虫渐渐长大，最后吐出缕缕银丝贡献给了它的主人。主人十分想念它们的父母，觉得小白马和雪花姑娘，都是替己身亡，而且死得很惨，就给它们起了纪念性的名字——“蚕”。它们吐出的白丝也就成了“蚕丝”。

「专家解疑」犒（kào）劳：①用酒食等慰劳。②指慰劳的酒食等。

第二年，黄帝打败了龙，便在账前大摆宴席，犒劳三军，许多将领和百姓都送来各式各样的宝物。嫘祖进献的蚕丝一下吸引了黄帝的目光。他望着这洁白的蚕丝，看着如花似玉的嫘祖，心中十分爱慕，就向嫘祖的爹爹求婚。嫘祖爹爹十分高兴，当场就让他们结成了夫妻。

「好词好句」
爱慕
灵机一动
*杜康由一个负责管粮食生产的大臣一下子降为粮食保管，心里十分难过。

酒的来历

杜康，有人说他原是黄帝手下的一位大臣。

黄帝建立部落联盟后，经过神农氏尝百草，辨五谷，人们都开始耕地种粮食。黄帝又命杜康管理生产粮食，杜康很负责任。由于土地肥沃，风调雨顺，连年丰收，粮食越打越多。杜康把丰收的粮食堆在山洞里。*那时候由于没有仓库，更没有科学保管方法，时间一长，因山洞里潮湿，粮食全霉坏了。*黄帝知道这件事，非常生气，下令把杜康撤职，只让他当粮食保管，并且说，以后如果粮食还有霉坏，就要处死杜康。

「智慧引路」
只有用科学知识武装自己的头脑，才能做出出色的成就，这句话从侧面说明了科学知识的重要性，启示小朋友要努力学习，用知识充实自己的人生。

杜康由一个负责管粮食生产的大臣一下子降为粮食保管，心里十分难过。但他又想到嫘祖、风后、仓颉等臣，都有所发明创造，立下大功，唯独自己没有什么功劳，还犯了罪，*怒气全消了，并且暗自下决心：非把粮食保管这件事做好不可。*有一天，杜康在森林里发现了一片开阔地，周围有几棵大树枯死了，只剩下粗大树干。树干里边已空了。杜康灵机一动，他想，如果把粮食装在树洞时，也许就不会霉坏了。于是，他把树林里凡是枯死的大树，都一一进行了掏空处理。不几天，打下的粮食全部被装进树

「智慧引路」
在顺境时不骄傲自满，在面临逆境时不灰心丧气，始终保持一种积极向上的心态，才会获得更大的成功。

洞里了。

谁知，两年以后，装在树洞里的粮食，经过风吹、日晒、雨淋，慢慢发酵了。一天，杜康上山察看粮食时，突然发现一棵装有粮食的枯树周围躺着几只山羊、野猪和兔子。开始他以为这些野兽都是死的，走近一看，发现它们还活着，似乎都是睡大觉。杜康一时弄不清是啥原因，还在纳闷，一头野猪醒了过来。它一见来人，马上蹿进树林去了。紧接着，山羊、兔子也醒来逃走了。杜康上山时没带弓箭，所以也没有追赶。他正准备往回走，又发现两只山羊在装着粮食的树洞跟前低头用舌头舔着什么。杜康连忙躲到一棵大树背后观察，只见两只山羊舔了一会儿，就摇摇晃晃起来，走不远都躺倒在地上了。杜康飞快地跑过去把两只山羊捆起来，然后才详细察看山羊刚才用舌头在树洞上舔什么。不看则罢，一看可把杜康吓了一跳。原来装粮食的树洞，已裂开一条缝子，里面的水不断往外渗，山羊、野猪和兔子就是舔了这种水才倒在地上的。杜康用鼻子闻了一下，渗出来的水特别清香，自己不由得也尝了一口。味道虽然有些辛辣，但却特别醇美。*他越尝越想尝，最后一连喝了几口。*这一喝不要紧，霎时，只觉得天旋地转，刚向前走了两步，便身不由己地倒在地上昏昏沉沉地睡着了。不知过了多长时间，当他醒来时，只见原来捆绑的两只山羊已有一只跑掉了，另一只正在挣扎。他翻起身来，只觉得精神饱满，浑身是劲，一不小心，就把正在挣扎的那只山羊踩死了。他顺手摘下腰间的

「好词好句」
纳闷
摇摇晃晃
* 开始他以为这些野兽都是死的，走近一看，发现它们还活着，似乎都是睡大觉。

「智慧引路」
美好的东西人人都想得到，而且在量上还是贪得无厌，这是人类的本性，也是社会发生矛盾的根源。

「专家解疑」
天旋（xuán）地转：①形容眩晕时的感觉。②形容重大的变化。③形容闹得很凶。

尖底罐，将树洞里渗出来的这种味道浓香的水盛了半罐。

回来后，杜康把看到的情况，向其他保管粮食的人讲了一遍，又把带回来的味道浓香的水让大家品尝，大家都觉得很奇怪。有人建议把此事赶快向黄帝报告；有的人却不同意，理由是杜康过去把粮食霉坏了，被降了职，现在又把粮食装进树洞里，变成了水。黄帝如果知道了，不杀砍的头，也会把杜康打个半死。杜康听后却不慌不忙地对大伙说：“事到如今，不论是好是坏，都不能瞒着黄帝。”说着，他提起尖底罐便去找黄帝了。

「好词好句」
保管
品尝
*黄帝没有责备杜康，命他继续观察，仔细琢磨其中的道理，又命仓颉给这种香味很浓的水取个名字。

「智慧引路」
无论结果是好是坏，即便是被杀头，杜康都选择向黄帝直言坦白，这种敢作敢当的胸襟气度值得每个人学习。

黄帝听完杜康的报告之后，又仔细品尝了他带来的味道浓香的水，立刻与大臣们商议此事。大臣们一致认为这是粮食中的一种元气，并非毒水。黄帝没有责备杜康，命他继续观察，仔细琢磨其中的道理，又命仓颉给这种香味很浓的水取个名字。仓颉随口道：“此水味香而醇，饮而得神。”说完便造了一个“酒”字。黄帝和大臣们都认为这个名字取得好。

从这以后，我国远古时候的酿酒事业开始出现了。后世人为了纪念杜康，便将他尊为酿酒始祖。

「专家解疑」
始祖：①有世系可考的最初的祖先。②称某一学派或某一行业的创始人。

仓颉造字

这算得上是老古话了。

相传仓颉在黄帝手下当官。那时，当官的可并不显威风，和

「好词好句」
犯难
奏效
＊仓颉这人挺聪明，做事又尽力尽心，很快熟悉了所管的牲口和食物，心里都有了谱，很少出差错。

「专家解疑」
分配（pèi）：①按一定的标准或规定分(东西)。②安排；分派。③经济学上指把生产资料分给生产单位或把生活资料分给消费者。分配的方式取决于生产资料所有制。

「智慧引路」
随着社会的进步和经济的发展，人们的知识、智慧和经验也必须与日俱增，才能跟上时代的步伐。

平常人一样，只是分工不同。黄帝分派他专门管理圈里牲口的数目、屯里食物的多少。仓颉这人挺聪明，做事又尽力尽心，很快熟悉了所管的牲口和食物，心里都有了谱，很少出差错。可慢慢的，牲口、食物的储藏在增加、变化，光凭脑袋记不住了。当时又没有文字，更没有纸和笔。怎么办呢？仓颉犯难了。

仓颉整日整夜地想办法，先是在绳子上打结，用各种不同颜色的绳子，各种不同的牲口、食物，用绳子打的结代表每个数目。但时间一长久，就不奏效了。这增加的数目在绳子上打个结很便当，而减少数目时，在绳子上解个结就麻烦了。仓颉又想到了在绳子上打圈圈，在圈子里挂上各式各样的贝壳，来代替他所管的东西。增加了就添一个贝壳，减少了就去掉一个贝壳。这法子顶管用，一连用了好几年。

黄帝见仓颉这样能干，叫他管的事情越来越多，年年祭祀的次数，回回狩猎的分配，部落人丁的增减，也通通叫仓颉管。*仓颉又犯愁了，凭着添绳子、挂贝壳已不抵事了。怎么才能不出差错呢？*

这天，他参加集体狩猎，走到一个三岔路口时，几个老人为往哪条路走争辩起来。一个老人坚持要往东，说有羚羊；一个老人要往北，说前面不远可以追到鹿群；一个老人偏要往西，说有两只老虎，不及时打死，就会错过了机会。仓颉一问，原来他们都是看着地上野兽的脚印才认定的。仓颉心中猛然一喜：既然一个脚印代表一种野兽，*我为什么不能用一种符号来表示我所管的东西呢？他高兴地拔腿奔回家，开始创造各种符号来表示事物。果然，事情被管理得井井有条。*

「智慧引路」仓颉用符号表示事物的故事告诉我们，只要肯动脑筋，世上就绝对没有解决不了的困难。

黄帝知道后，大加赞赏，命令仓颉到各个部落去传授这种方法。渐渐地，这些符号的用法全推广开了。就这样，形成了文字。

仓颉造了字，黄帝十分器重他，人人都称赞他，他的名声越来越大。仓颉头脑就有点发热了，眼睛慢慢向上移，移到头顶心里去了，什么人也看不起，造的字也马虎起来。

「专家解疑」器重：（长辈对晚辈，上级对下级）看重；重视。

这话传到黄帝耳朵里，黄帝很恼火。他眼里容不得一个臣子变坏。怎么叫仓颉认识到自己的错误呢？黄帝招来了身边最年长的老人商量。这老人长长的胡子上打了一百二十多个结，表示他已是一百二十多岁的人了。老人沉吟了一会儿，独自去找仓颉了。

仓颉正在教各个部落的人识字，老人默默地坐在最后，和别人一样认真地听着。仓颉讲完，别人都散去了，唯独这老人不走，还坐在老地方。仓颉有点好奇，上前问他为什么不走。

老人说：“仓颉啊，你造的字已经家喻户晓，可我人老眼花，有几个字至今还糊涂着呢，你肯不肯再教教我？”

仓颉看这么大年纪的老人，都这样尊重他，很高兴，催他快说。

老人说：“你造的‘马’字、‘驴’字、‘骡’字，都有四条腿吧？而牛也有四条腿，你造出来的‘牛’字怎么没有四条腿，只剩下一条尾巴呢？”

「好词好句」
称赞
唯独
*你造的字已经家喻户晓，可我人老眼花，有几个字至今还糊涂着呢，你肯不肯再教教我？

「智慧引路」
我们做事情应当小心谨慎，力求完美，如果我们粗心大意，敷衍了事，最终只会误人误己。

仓颉一听，心里有点慌了：自己原先造“鱼”字时，是写成“牛”样的，造“牛”字时，是写成“鱼”样的。都怪自己粗心大意，竟然教颠倒了。

老人接着又说：“你造的‘重’字，是说有千里之远，应该念出远门的‘出’字，而你却教人念成重量的‘重’字。反过来，两座山合在一起的‘出’字，本该为重量的‘重’字，你倒教成了出远门的‘出’字。这几个字真叫我难以琢磨，只好来请教你了。”

「专家解疑」
无地自容：没有地方可以让自己藏起来，形容十分羞惭。

这时仓颉羞得无地自容，深知自己因为骄傲铸成了大错。这些字已经教给各个部落，传遍了天下，改都改不了。他连忙跪下，痛哭流涕地表示忏悔。

老人拉着仓颉的手，诚挚地说：“仓颉啊，你创造了字，使我们老一代的经验能记录下来，传下去，你做了件大好事，世世代代的人都会记住你的。你可不能骄傲自大啊！”

「好词好句」
骄傲自大
嫡系
*从此以后，仓颉每造一个字，总要将字义反复推敲，还得拿去征求人们的意见，一点儿也不敢粗心。

从此以后，仓颉每造一个字，总要将字义反复推敲，还得拿去征求人们的意见，一点儿也不敢粗心。大家都说好，才定下来，然后逐渐传到每个部落去。

酒神狄俄尼索斯

酒神狄俄尼索斯是宙斯和塞墨勒的儿子。塞墨勒并非神族嫡系，而是希腊中部忒拜国王卡德摩斯之女。天后赫拉得知宙斯同人间女人的情人关系后，起了报复之心。她化作塞墨勒的奶妈，唆使塞墨勒要求宙斯在她面前显示神灵，以此表示对塞墨勒的爱心。幼稚的塞墨勒听信了“奶妈”的话，在同宙斯幽会时，提出了上述要求。宙斯感到为难，但是他曾许诺满足塞墨勒的一切要求，于是以雷电闪闪的形象出现在她面前。他万万没想到塞墨勒竟被电火烧毁。宙斯后悔莫及，赶紧从母腹中救出胎儿，草草藏到腿里。九个月后，狄俄尼索斯以极特殊的方式，从宙斯腿里生出来。为防止赫拉陷害，宙斯把婴孩交给其子赫耳墨斯，让他为婴儿找一块安全地方，保证他的顺利成长。

「专家解疑」
唆(suō)使：指使或挑动别人去做坏事。
灵感：在文学、艺术、科学、技术等活动中，由于艰苦学习，长期实践，不断积累经验和知识而突然产生的富有创造性的思路。

赫耳墨斯想了很多办法，最后还是让宙斯把狄俄尼索斯变成一只小羊。赫耳墨斯把他悄悄地带到一个岛上，交给神女们照料。

狄俄尼索斯在大自然的环境中无忧无虑地成长。自然风光给了他不少灵感。他性格活泼，常常和伙伴们一起玩耍。他在哪里，哪里就有笑声和欢乐。

狄俄尼索斯长大以后，离开了童年生活的小岛，到希腊大陆漫游。在希腊中部他发现葡萄藤上的果实味道甜美，红色透明。他从当地人那里了解到，母牛特别喜欢吃这种果实，而且吃了之后很快就肥胖起来。他怀着很大的兴趣折下一枝树藤，栽到地里。这枝树藤长得非常茂盛，结了很多果子。他发明了酿酒术，用果汁制成甜美的酒，这就是葡萄酒。他喝了甜酒之后，精神振奋。他把甜酒分给伙伴们品尝。大家情绪高涨，不停地唱歌跳舞。这

「好词好句」
后悔莫及
无忧无虑
*为防止赫拉陷害，宙斯把婴孩交给其子赫耳墨斯，让他为婴儿找一块安全地方，保证他的顺利成长。
*狄俄尼索斯长大以后，离开了童年生活的小岛，到希腊大陆漫游。

样，狄俄尼索斯走到哪里，他的伙伴们就跟随到哪里。*每到一处，他都向人们传授种植葡萄的技术和酿酒术。*他走遍希腊各个角落，又来到小亚细亚、非洲大陆，直到亚洲的印度。

「智慧引路」与别人分享自己的好东西，不仅能让别人受到益处，自己也会从中感受到快乐。

远游结束后，他返回希腊大陆，这时的狄俄尼索斯已经很有成就了。宙斯封他为酒神。狄俄尼索斯是天地间所有的神和人类都欢迎的酒神。他的随行者中有儿时的哺育者和老师；有醉醺醺的、爱玩爱闹的半人半羊萨提洛斯；有欢快的神女；有美惠女神；还有众多人间少女。她们在娱乐时，身披兽皮，头戴葡萄藤花冠，在笛声的伴奏下整夜狂欢。这是一群快乐的神和人。这种欢快的场面今天仍能在每年金秋季节举行的酒神节时出现。

「好词好句」失魂落魄 抱头鼠窜
*他的随行者中有儿时的哺育者和老师；有醉醺醺的、爱玩爱闹的半人半羊萨提洛斯；有欢快的神女；有美惠女神；还有众多人间少女。

狄俄尼索斯很忠于他的父亲宙斯。在宙斯反击巨人的恶战中，狄俄尼索斯带领萨提洛斯们也做出了贡献。他们骑着毛驴上战场，追赶敌人。毛驴哇哇大叫，震天动地，把巨人们吓得失魂落魄，他们以为来了庞然大物，个个抱头鼠窜。

「专家解疑」庞然大物：外表上庞大的东西。

狄俄尼索斯作为酒神，在天宫内占有一席之地。但是，他不愿独自去天府，他心里仍然想念着被雷电击死的母亲塞墨勒。他请求冥王哈得斯允许他和母亲团聚。他的善心和孝心感动了冥王，塞墨勒重见了天日。狄俄尼索斯和母亲一起上了奥林匹斯山。

孟姜女哭长城

传说很久以前江苏松江府有个孟家庄，孟家庄有一老汉善种葫芦。这一年他种的葫芦长得非常繁盛，其中一棵竟伸到了邻居姜家院里。孟、姜两家非常交好，于是便相约秋后结了葫芦一家一半。到了秋天，果然结了一个大葫芦，孟、姜两家非常高兴，把葫芦摘下来准备分享。

「好词好句」
繁盛
掌上明珠
*有个小女孩端坐在葫芦中，红红的脸蛋，圆嘟嘟的小嘴，很是惹人喜爱。

忽听葫芦里传出一阵阵小孩的哭声，孟老汉非常奇怪，便用刀把葫芦切开一看，呀！有个小女孩端坐在葫芦中，红红的脸蛋，圆嘟嘟的小嘴，很是惹人喜爱。姜家老婆婆一看，喜欢得不得了，一把抱起来说：“这孩子就给我吧！”可是孟老汉也无儿无女，非要不可，两家争执起来，一时间不可开交。到后来，只好请村里的长者来断。长者说：“你们两家已约定葫芦一家一半，那么这葫芦里的孩子就算你们两家合养吧。”于是小姑娘便成了姜、孟两家的掌上明珠，

因孟老汉无儿无女，便住在了孟家，取名孟姜女。

「好词好句」
风尘
疲惫
*光阴似箭，日月如梭，孟姜女一天天地长大了。她心灵手巧，聪明伶俐，美丽异常，织起布来比织女，唱起歌来赛黄莺。孟老汉爱如珍宝。

光阴似箭，日月如梭，孟姜女一天天地长大了。她心灵手巧，聪明伶俐，美丽异常，织起布来比织女，唱起歌来赛黄莺。孟老汉爱如珍宝。

这一天，孟姜女做完针线，到后花园去散心。园中荷花盛开，池水如碧，忽然一对大蝴蝶落在池边的荷叶上，吸引了她的视线，她便轻手轻脚地走过去，用扇一扑，不想用力过猛，扇子一下掉在水中。孟姜女很是气恼，便挽起衣袖，探手去捞，忽听背后有动静，急忙回头一看，原来是一个年轻公子立在树下，满面风尘，精神疲惫。孟姜女急忙找来父母。

「专家解疑」
怨声载道：怨恨的声音充满道路，形容民众普遍不满。

孟老汉对年轻人私进后花园非常生气，问道："你是什么人，怎么敢私进我的后花园？"年轻人急忙连连请罪，诉说了原委。

原来这个年轻人名叫范喜良，本姑苏人氏，自幼读书，满腹文章。不想秦始皇修筑长城，到处抓丁，三丁抽一，五丁抽二，黎民百姓怨声载道。范喜良急忙乔装打扮逃了出来。刚才是因饥渴难耐，故到园中歇息，不想惊动了孟姜女，边说边连连告罪。

「智慧引路」
范喜良并非不喜欢孟姜女，而是不想连累她，怕日后自己被官兵抓住，耽误了孟姜女一世的幸福。

孟姜女见范喜良知书达礼，忠厚老实，便芳心暗许。孟老汉对范喜良也很同情，便留他住了下来。孟姜女向爹爹言明心意，孟老汉非常赞成，便急忙来到前厅，对范喜良道："你现在到处流落，也无定处，我想招你为婿，你意下如何呀？"范喜良急忙离座辞道："*我乃逃亡之人，只怕日后连累小姐，婚姻之事万不敢想。*"无奈孟姜女心意已决，非喜良不嫁，最后范喜良终于答应。孟老汉乐得嘴都合不上了，急忙和姜家商议挑选吉日，给他们完婚。

*偏巧孟家庄有一无赖，平时垂涎孟姜女美色，多次上门求亲，孟老汉坚辞不允。他便怀恨在心，伺机报复。*如今听说了范喜良之事，便偷偷到官府去告了密，带着官兵来抓人。

「智慧引路」这名无赖对孟姜女求亲不成，便对其进行陷害，这种损人不利己的行为直接导致了范喜良的死亡和孟姜女人生悲剧，这是一种非常可耻的行为。

这时孟家还蒙在鼓里呢，正喜气洋洋准备拜堂大典。忽然哗啦啦一声，大门被撞开了，一群官兵冲进来，不由分说，把范喜良绳捆索绑就要带走。孟姜女急忙扑上去，被官兵一把推开，眼睁睁看着自己的夫君被带走了。

自此孟姜女日夜思君，茶不思，饭不想，忧伤不已。转眼冬天来了，大雪纷纷，孟姜女想丈夫修长城，天寒地冻，无衣御寒，便日夜赶着缝制棉衣，边做边唱起了自编的小曲："月儿弯弯分外明，孟姜女丈夫筑长城，哪怕万里迢迢路，送御寒衣是依情。"

一夜之间，做好棉衣，孟姜女千里迢迢，踏上路程。一路上跋山涉水，风餐露宿，不知饥渴，不知劳累，昼夜不停地往前赶，这一日终于来到了长城脚下。

「好词好句」
天寒地冻
千里迢迢
*一路上跋山涉水，风餐露宿，不知饥渴，不知劳累，昼夜不停地往前赶，这一日终于来到了长城脚下。

可长城下民夫数以万计，到哪里去找呢？她逢人便打听，好心的民夫告诉她，范喜良早就劳累致死，被埋在长城里筑墙了。孟姜女一听，心如刀绞，便求好心的民工引路来到了范喜良被埋葬的长城下。坐在城下，孟姜女悲愤交加：想自己千里寻夫送寒衣，历尽千难万险，到头来连丈夫的尸骨都找不到，怎不令人痛

「专家解疑」劳累：①由于过度的劳动而感到疲乏。②敬辞，指让人受累（用于请人帮忙做事）。

断柔肠。越想越悲，便向着长城昼夜痛哭，不饮不食，如啼血杜鹃，望月子规。这一哭感天动地，白云为之停步，百鸟为之噤声。直哭了七天七夜，忽听轰隆隆一阵山响，一时间地动山摇，飞沙走石，长城崩倒了八百里，露出范喜良的尸骨。

长城倾倒八百里，早惊动了官兵，官兵上报秦始皇。秦始皇勃然大怒，下令把孟姜女抓来。等孟姜女被抓，秦始皇一见她貌美非凡，便欲纳她为妃。孟姜女说："要我做你的妃子，得先依我三件事：一要造长桥一座，十里长，十里阔；二要十里方山造坟墩；三要万岁身穿麻衣到坟前祭奠。"秦始皇想了想便答应了。不几日，长桥坟墩已全都造好，秦始皇身穿麻衣，排驾起行，过长城上长桥，过了长桥来到坟前祭祀。祭毕，秦始皇便要孟姜女随他回宫。孟姜女冷笑一声道："你昏庸残暴，涂炭天下黎民，如今又害死我夫，我岂能做你的妃子，休想！"说完便怀抱丈夫遗骨，跳入了波涛汹涌的大海。一时间，巨浪滚滚，惊涛拍岸，好似在为孟姜女悲叹。

「名师点拨」
子规一般泛指杜鹃。古代传说，它的前身是蜀国国王，名杜宇，号望帝，后来失国身死，魂魄化为杜鹃，悲啼不已。

「专家解疑」
勃然：①兴起或旺盛的样子。②因生气或惊慌等变脸色的样子。

「好词好句」
涂炭
波涛汹涌
*一时间，巨浪滚滚，惊涛拍岸，好似在为孟姜女悲叹。

名家品评

自人类发明了取火的方法后，不再茹毛饮血了，生活质量得到了质的飞跃。后来，杜康又发明了酒，将粮食变成了甘甜香醇的浆液。随着历史的演变，饮酒逐渐成为人类一种最重要的文化之一。嫘祖养蚕织纱，解决了人类穿衣和御寒的问题，促使人类向文明跨进了一大步。而杜康和嫘祖造福人类的故事更是告诉我们，当身处逆境之时不要气馁，要细心观察眼前的局势，从中寻找通往成功的道路。

阅读思考

1. 为什么“钻木”能够“取火”？
2. 杜康的第一罐酒是如何酿出来的？
3. 孟姜女为什么会答应嫁给秦始皇做妃子？

第五章
古迹篇

在本章中，我们将向读者介绍一些与神仙传说有关的名胜古迹。美妙神奇的庙峡有着怎样的感人传说呢？嵩山盛景“将军柏”，为什么会变成了“弯腰树”和“空心树”呢？你从中又受到了什么启迪？夸父逐日最终不幸累死于道途之中，身体化为“夸父山”，给后世留下了什么样的深远影响呢？

鲤鱼跳龙门

庙峡，又名妙峡。两座巍峨雄奇的凤凰大山，拔水擎天，夹江而立，引人入胜的鲤鱼跳龙门，活灵活现，雄奇壮观。进入峡谷，两山雄峙，悬崖叠垒，峭壁峥嵘，壁峰刺天；奇特的岩花，依壁竞开，把峡谷装缀成仙境一般。这个神奇美妙的峡谷，流传

「好词好句」
悬崖叠垒
峭壁峥嵘
* 两座巍峨雄奇的凤凰大山，拔水擎天，夹江而立，引人入胜的鲤鱼跳龙门，活灵活现，雄奇壮观。

着一个优美动人的故事。

在很早以前，龙溪河畔的乡民，男耕女织，过着安居乐业的美满生活。一年不知从哪儿飞来一条大黄孽龙，作恶多端。它不是呼风唤雨破坏庄稼，就是吞云吐雾残害生灵，把整个峡谷搞得乌烟瘴气，不得安宁。

「专家解疑」

乌烟瘴气：比喻环境嘈杂、秩序混乱或社会黑暗。

求救：请求援救（多用于遇到灾难和危险时）。

每年六月六日它的生日这天，更是强迫人们献上一对童男童女和十头大黄牛，一百头猪、羊等物供它享用。如若不然，它就发怒作恶，张开血盆大口，蹿到村庄吞噬人畜，破坏田园，害得黎民百姓怨声载道，叫苦连天。

峡口龙溪镇上，有一位聪明俊美的小姑娘，名叫玉姑，她下决心，非除掉这条恶龙不可。有几次，她登上云台观去找云台仙子求救，都未找着。她仍不死心，继续去找。这天清晨，她又登上云台观，仙子被玉姑心诚志坚的精神感动了，就出现在她眼前，

向她指点说："离这儿千里之外有个鲤鱼洞，你可前去会见一位鲤鱼仙子，她定能相助于你。"

玉姑辞别云台仙子，跋山涉水，历尽千辛万苦，来到鲤鱼洞中，找到鲤鱼仙子，说明来意。鲤鱼仙子对玉姑说："你想为民除害，这是件大好事，可是必须牺牲你自己啊！你能这样做吗？"玉姑毫不犹豫地说："只要是为乡亲们除害，消灭那恶龙，哪怕是上刀山，下火海，粉身碎骨我也心甘！"鲤鱼仙子见玉姑这样诚恳坚决，十分满意地点了点头，朝玉姑喷了三口白泉，她顿时变成了一条美丽的红鲤鱼。

「智慧引路」这句话不仅向读者暗示了"不经历风雨，怎能见彩虹"的奋斗哲理，还成功地塑造了小玉姑不辞劳苦、为民除害的光辉形象。

小红鲤逆江而上，经过七七四十九天，游回家乡。这天正是六月六日清晨，她摇身变回原貌，见乡亲们已准备就绪：一对童男童女，十头大黄牛，一百只肥羊肥猪。人们敲锣打鼓，

宛如一条长龙向祭黄龙的峡口走来，前面那一对身着红衣红裙的童男童女，早已哭成泪人了。

「专家解疑」
垂(chuí)涎(xián)欲滴：①形容非常贪婪想吃的样子。②比喻看到好的东西，十分羡慕，极想得到（含贬义）。

黄龙见百姓送到盛餐佳肴，早已垂涎欲滴，得意地张开大口。就在这千钧一发之时，玉姑抢先上前，拦住父老乡亲们说道："大家在此暂停等着，让我前去收拾这个害人精。"话刚说完，只见玉姑纵身跳入水中，霎时变成一条大红鲤鱼，腾空飞跃，直朝恶龙口中冲去，一下就到了它的肚中，东刺西戳，把龙的五脏六腑捣得稀烂，恶龙拼命挣扎，浑身翻滚，但无济于事，终于被玉姑杀死了。可是，玉姑自己也葬身在黄龙腹中。

「名师点拨」
中国的老百姓淳朴善良，只要有人做了有益于广大百姓的事情，他们就会对其感恩戴德，所以这句话在这里有导人向善的规劝作用。

从此，宁河人民又过着安居乐业的日子。人们为了缅怀玉姑为民除害，在峡口半山腰修起了一座鲤鱼庙。至今在宁河一带，还广为流传着鲤鱼跳龙门的故事。

神农尝百草

「好词好句」
黎民百姓
苦思冥想
＊天上的飞禽越打越少，地下的走兽越打越稀。

上古时候，五谷和杂草长在一起，药物和百花开在一起，哪些粮食可以吃，哪些草药可以治病，谁也分不清。黎民百姓靠打猎过日子，天上的飞禽越打越少，地下的走兽越打越稀，人们就只好饿肚子。谁要生疮害病，无医无药，不死也要脱层皮啊！

老百姓的疾苦，神农氏瞧在眼里，痛在心头。怎样给百姓充饥？怎样为百姓治病？神农苦思冥想了三天三夜，终于想出了一

个办法。

第四天，他带着一批臣民，从家乡随州历山出发，向西北大山走去。他们走呀，走呀，腿走肿了，脚起茧了，还是不停地走，整整走了七七四十九天，来到一个地方。只见高山一峰接一峰，峡谷一条连一条，山上长满奇花异草，大老远就闻到了香气。神农他们正往前走，突然从峡谷里蹿出来一群狼虫虎豹，把他们团团围住。神农马上让臣民们挥舞神鞭，向野兽们打去。打走一批，又拥上来一批，一直打了七天七夜，才把野兽都赶跑了。那些虎豹蟒蛇身上被神鞭抽出一条条、一块块伤痕，后来变成了皮上的斑纹。

「好词好句」
团团围住
伤痕
*只见高山一峰接一峰，峡谷一条连一条，山上长满奇花异草，大老远就闻到了香气。

这时，臣民们说这里太险恶，劝神农回去。*神农摇摇头说："不能回！黎民百姓饿了没吃的，病了没医的，我们怎么能回去呢！"*他说着领头进了峡谷，来到一座茫茫大山脚下。

「智慧引路」
只有悲天悯人、心怀济世度人之志，并为之努力做出贡献的人，才会被人们永远记住，在青史上闪动着耀眼的星光。

这山半截插在云彩里，四面是刀切崖，崖上挂着瀑布，长着青苔，溜光水滑，看来没有登天的梯子是上不去的。臣民们又劝他算了吧，还是趁早回去。神农摇摇头："不能回！黎民百姓饿了没吃的，病了没医的，我们怎么能回去呢！"他站在一个小石山上，对着高山，上望望、下看看、左瞅瞅、右瞄瞄，打主意，想办法。后来，人们就把他站的这座小山峰叫"望农亭"。然后，他看见几只金丝猴顺着高悬的古藤和横倒在崖腰的朽木爬过来。神农灵机一动，有了！他当下把臣民们喊来，叫他们砍木杆，割

「专家解疑」
朽(xiǔ)木：①烂木头。②比喻不可造就的人。
灵机：灵巧的心思。

藤条，靠着山崖搭成架子，一天搭上一层，从春天搭到夏天，从秋天搭到冬天，不管刮风下雨，还是飞雪结冰，从来不停工。整整搭了一年，搭了360层，才搭到山顶。传说，后来人们盖楼房用的脚手架，就是学习神农的办法。

「好词好句」
刮风下雨
飞雪结冰
*为了在这里尝百草，给老百姓找吃的，找医药，神农就叫臣民在山上栽了几排冷杉，当作城墙防野兽，在墙内盖茅屋居住。

神农带着臣民，攀登木架，上了山顶了。呀！山上真是花草的世界，红的、绿的、白的、黄的，各色各样，密密丛丛。神农喜欢极了，他叫臣民们防着狼虫虎豹，亲自采摘花草，放到嘴里尝。为了在这里尝百草，给老百姓找吃的，找医药，神农就叫臣民在山上栽了几排冷杉，当作城墙防野兽，在墙内盖茅屋居住。后来，人们就把神农住的地方叫“木城”。

「专家解疑」
篝（gōu）火：原指用笼子罩着的火，现借指在空旷处或野外架木材、树枝燃烧的火堆。

白天，他领着臣民到山上尝百草。晚上，他叫臣民生起篝火，就着火光详细记载哪些草是苦的，哪些热，哪些凉，哪些能充饥，哪些能医病，都写得清清楚楚。

「智慧引路」
神农忧国忧民，为了让他的臣民能够过上好日子，不惜以自己的身体试药，这种舍己为人的大爱情怀值得我们每个人学习。

有一次，他把一棵草放到嘴里一尝，霎时天旋地转，一头栽倒。臣民们慌忙扶他坐起，他明白自己中了毒，可是已经不会说话了，只好用最后一点儿力气，指着面前一棵红亮亮的灵芝草，又指指自己的嘴巴。臣民们慌忙把那红灵芝放到嘴里嚼嚼，喂到他嘴里。神农吃了灵芝草，毒气解了，头不昏了，会说话了。从此，人们都说灵芝草能起死回生。臣民们担心他这样尝草，太危险了，都劝他还是下山回去。他又摇摇头说：“*不能回！黎民百姓饿了没吃的，病了没医的，我们怎么能回去呢！*”说罢，他又接着尝百草。

他尝完一山花草，又到另一山去尝，还是用木杆搭架的办法，攀登上去。一直尝了七七四十九天，踏遍了这里的山山岭岭。他尝出了麦、稻、谷子、高粱能充饥，就叫臣民把种子带回去，让黎民百姓种植，这就是后来的五谷。他尝出了365种草药，写成《神农本草》，叫臣民带回去，为天下百姓治病。

神农尝完百草，为黎民百姓找到了充饥的五谷，医病的草药，来到回生寨，准备下山回去。他放眼一望，遍山搭的木架不见了。原来，那些搭架的木杆，落地生根，淋雨吐芽，年深月久，竟然长成了一片茫茫林海。神农正在为难，突然天空飞来一群白鹤，把他和护身的几位臣民，接上天庭去了。从此，回生寨一年四季，香气弥漫。

为了纪念神农尝百草、造福人间的功绩，老百姓就把这一片茫茫林海，取名为“神农架”。把神农升天的回生寨，改名为“留香寨”。

「智慧引路」神农是一位为了帮助别人，宁愿牺牲自己的一个人。我们身边也有，不过要你去细心观察。这种舍己为人的人是值得我们去学习的。

「好词好句」落地生根

年深月久

*神农正在为难，突然天空飞来一群白鹤，把他和护身的几位臣民，接上天庭去了。

将军柏

“将军柏”是中岳嵩山的一大胜景。这几棵“将军柏”很大很大，据说还是汉武帝的亲封呢！

相传在两千多年前，汉武帝刘彻去嵩山“嵩阳观”游玩，一进头门，看见一棵柏树，身材奇伟，枝叶茂密，不禁连声称赞：

「专家解疑」胜景：优美的风景。

茂（mào）密：（草木）茂盛而繁密。

“哎呀！好大的柏树啊！”

那些伴驾官员一见皇上对这棵树赞不绝口，也都跟着说：“是啊！我们跟随万岁游遍天下，从来还未见过这样大的柏树呢！”帝呼臣应，议论纷纷，兴头越来越高。汉武帝面对此树，仰望再三，感叹之余，一口将这棵柏树封为“大将军”。

「好词好句」
赞不绝口
议论纷纷
*汉武帝也完全知道这位臣子的意思，但他为了维护自己的尊严，明知封错了，却硬是不改。

封罢“大将军”，又往后院走去，登上阅台，穿过二堂，来到正中院，这时迎面又看见一棵柏树，比“大将军”更大。汉武帝心中颇为懊悔，暗自想道：前院的柏树被封为“大将军”，这一棵咋封呢？不封吧，情理不顺；封吧，想不出合适的封号；把前院那棵树的封号移过来吧，自己身为天子，金口玉言，封号已定，不容更动。想来想去，最后才拿定主意，只见他指着面前的大柏树说道：“朕封此柏为‘二将军’”。

「专家解疑」
金口玉言：极难得的可贵的话，封建社会多称皇帝讲的话，后来也泛指不能改变的话。

一个随驾御使跪下奏道：“臣启万岁，这棵树可比前院那棵大得多呀！”意思是想提醒汉武帝改封，但又不敢直言。汉武帝也完全知道这位臣子的意思，但他为了维护自己的尊严，明知封错了，却硬是不改。

只见他把脸一黑丧，斥责那位大臣说：“什么大呀小呀的，先入者为主！”

「智慧引路」
在现实生活中，当长辈或上级犯错时，我们应当据理力争，为其指明方向，而不是慑于对方威严，任其继续错下去。

吓得那位伴驾御使连忙叩头称“是”。

别的伴驾官员见此情景，再也没人敢多嘴了。

汉武帝封罢“将军柏”后，就离开了嵩阳观。

嵩阳观里的两棵柏树虽然都受了封，可是心里都很别扭。“大将军”感觉自己名不副实，受之有愧，没脸抬头见人，日子长了，就慢慢变成了现在这样子的弯腰树。“二将军”呢？觉得自己高大无比，倒被封为“二将军”，整天心生闷气，连肚子都气炸了，变成了现在这样子的空心树。后来游人们给编了几句顺口溜：

“大”封“小”，“小”封“大”，

“大将军”羞愧头耷拉，

“二将军”不服肺气炸，

“先入为主”成笑话。

时到今日，这两棵汉封“将军柏”仍然生长在嵩阳观的大院里。汉武帝怎会想到这两棵柏树已经成了他“先入为主”，知错不改的见证呢？

「好词好句」
名不副实
受之有愧
*远古时代，在我国北部，有一座巍峨雄伟的山，山上住着一个巨人氏族叫夸父族。

「智慧引路」
我们应该以一种平常心面对生活，要养成“宠辱不惊，闲看庭前花开花落。去留无意，漫随天外云卷云舒”的豁达心态。

「专家解疑」
先入为主：先接受了一种说法或思想，以为是正确的，有了成见，后来就不容易再接受不同的说法或思想。

夸父山

远古时代，在我国北部，有一座巍峨雄伟的山，山上住着一个巨人氏族叫夸父族。夸父族的首领叫作夸父，他身高无比，力大无穷，意志坚强，气概非凡。那时候，世界上荒凉落后，毒蛇猛兽横行，人们生活凄苦。夸父为了本部落的人能够活下去，每天都率领众人跟洪水猛兽搏斗。夸父常常将捉到的凶恶的黄蛇挂在自己的两只耳朵上作为装饰，引以为荣。

有一年，天大旱，火一样的太阳烤焦了地上的庄稼，晒干了河里的流水。人们热得难受，实在无法生活。夸父见到这种情景，就立下雄心壮志，发誓要把太阳捉住，让它听从人们的吩咐，更好地为大家服务。

「好词好句」
难受
征程
* 夸父见到这种情景，就立下雄心壮志，发誓要把太阳捉住，让它听从人们的吩咐，更好地为大家服务。

一天，太阳刚刚从海上升起，夸父就从东海边上迈开大步开始了他逐日的征程。

太阳在空中飞快地转，夸父在地上疾风一样地追。夸父不停地追呀追，饿了，摘个野果充饥；渴了，捧口河水解渴；累了，

也仅仅打个盹儿。他心里一直在鼓励自己："快了，就要追上太阳了，抓住它之后人们的生活就会幸福了。"他追了九天九夜，离太阳越来越近，红彤彤、热辣辣的太阳就在他自己的头上啦。

夸父又跨过了一座座高山，穿过了一条条大河，终于在禺谷就要追上太阳了。这时，夸父心里兴奋极了。可就在他伸手要捉住太阳的时候，由于过度激动，身心交瘁，突然，夸父感到头昏眼花，竟晕过去了。他醒来时，太阳早已不见了。

夸父依然不气馁，他鼓足全身的力气，又准备出发。可是离太阳越近，太阳光就越强烈，夸父越来越感到焦躁难耐，觉得浑身的水分都被蒸干了，当务之急，是需要喝大量的水。于是，夸

「好词好句」

身心交瘁

头昏眼花

*他追了九天九夜，离太阳越来越近，红彤彤、热辣辣的太阳就在他自己的头上啦。

父站起来走到东南方的黄河边，俯下身子，猛喝黄河里的水，黄河水被他喝干了，他又去喝渭河里的水。谁知道，他喝干了渭河水，还是不解渴。于是，他打算向北走，去喝大泽的水。可是，夸父实在太累太渴了，当他走到中途时，身体就再也支持不住了，慢慢地倒下去，死了。

「名师点拨」黄河是世界第五大长河，中国第二长河。呈“几”字形，自西向东流入渤海。渭河古称渭水，是黄河的最大支流。作者在此用夸张的手法塑造了夸父英勇、豪迈形象，增强了文章的气势。

夸父死后，他的身体变成了一座大山，这就是“夸父山”。据说，这山位于现在河南省灵宝市西三十五里灵湖峪和池峪中间。夸父死时扔下的手杖，也变成了一片五彩云霞一样的桃林。桃林的地势险要，后人把这里叫作“桃林寨”。

夸父死了，他并没捉住太阳。可是天帝被他的英雄精神所感动，惩罚了太阳。从此，他的部族年年风调雨顺，万物兴盛。夸父的后代子孙居住在夸父山下，生儿育女，繁衍后代，生活得非常幸福。

湘妃竹的由来

相传尧舜时期，湖南九嶷山上有九条恶龙，住在九座岩洞里，经常到湘江来戏水玩乐，以致洪水暴涨，庄稼被冲毁，房屋被冲塌，老百姓叫苦不迭，怨声载道。

舜帝关心百姓的疾苦，他得知恶龙祸害百姓的消息，饭吃不好，觉睡不安，一心想要到南方去帮助百姓除害解难，惩治恶龙。

舜帝有两个妃子——娥皇和女英，是尧帝的两个女儿。她们虽然出身皇家，又身为帝妃，但她们深受尧舜的影响和教诲，并不贪图享乐，而总是关心着百姓的疾苦。她们对舜的这次远离家门，也是依依不舍。但是，想到为了给湘江的百姓解除灾难和痛苦，她们还是强忍着内心的离愁别绪欢欢喜喜地送舜上路了。

舜帝走了，娥皇和女英在家等待着他征服恶龙、凯旋的喜讯，日夜为他祈祷，期待他早日胜利归来。可是，一年又一年过去了，燕子来去了几回，花开花落了几度，舜帝依然杳无音信，她们担心了。娥皇说：“莫非他被恶龙所伤，还是病倒他乡？”女英说：“莫非他途中遇险，还是山路遥远迷失方向？”*她们二人思前想后，与其待在家里久久盼不到音讯，见不到归人，还不如前去寻找。*于是，娥皇和女英迎着风霜，跋山涉水，到南方湘江去寻找丈夫。

翻了一山又一山，涉了一水又一水，她们终于来到了九嶷山。她们沿着大紫荆河到了山顶，又沿着小紫荆河下来，找遍了九嶷

「好词好句」
叫苦不迭
杳无音信
*舜帝走了，娥皇和女英在家等待着他征服恶龙、凯旋的喜讯，日夜为他祈祷，期待他早日胜利归来。

「专家解疑」
疾苦：（人民生活中的）困苦。

「智慧引路」
通常情况下等待都不是解决问题的最佳方案，只有自己亲自付出行动，并为之努力才能更快更好地解决问题。

山的每个山村，踏遍了九嶷山的每条小径。

这一天，她们来到了一个名叫三峰石的地方，这儿，耸立着三块大石头，翠竹围绕，有一座珍珠贝垒成的高大的坟墓。她们感到惊异，便问附近的乡亲：“是谁的坟墓如此壮观美丽？三块大石为何耸立？”

乡亲们含着眼泪告诉她们：“这便是舜帝的坟墓，他老人家从遥远的北方来到这里，帮助我们斩除了九条恶龙，人民过上了安乐的生活，可是他却鞠躬尽瘁，流尽了汗水，淌干了心血，受苦受累病死在这里了。”

原来，舜帝病逝之后，湘江的父老乡亲们为了感激舜帝的厚恩，特地为他修了这座坟墓。九嶷山上的一群仙鹤也为之感动了，它们到南海衔来一颗颗灿烂夺目的珍珠，撒在舜帝的坟墓上，便成了这座珍珠坟墓。三块巨石，是舜帝除灭恶龙时用的三齿耙插在地上变成的。娥皇和女英得知实情后，难过极了，二人抱头痛哭起来。她们悲痛万分，一直哭了九天九夜，她们把眼睛哭肿了，嗓子哭哑了，眼泪流干了，最后，哭出血泪来，也死在了舜帝的旁边。

娥皇和女英的眼泪，洒在了九嶷山的竹子上，竹竿上便呈现出点点泪斑，有紫色的，有雪白的，还有血红血红的，这便是“湘妃竹”。竹子上有的像印有指纹，传说是二妃用竹子抹眼泪印上的；有的竹子上有鲜红鲜红的血斑，便是两位妃子眼中流出来的血泪染成的。

「好词好句」

耸立

惊异

*九嶷山上的一群仙鹤也为之感动了，它们到南海衔来一颗颗灿烂夺目的珍珠，撒在舜帝的坟墓上，便成了这座珍珠坟墓。

「专家解疑」

鞠躬尽瘁：三国诸葛亮《后出师表》：“鞠躬尽力，死而后已”（“力”选本多作“瘁”）。指小心谨慎，贡献出全部精力。

「名师点拨」

作者通过描写湘妃竹的颜色，借此表达出了娥皇和女英对舜帝深厚的感情，也从侧面歌颂了舜帝为人民鞠躬尽瘁的高尚品质。

芦笛藏宝

芦笛岩位于桂林西北郊，被誉为“大自然艺术之宫”。岩洞在光明山腹中，山前有芳莲池，池中更有水榭亭台，精巧别致，造型雅趣。山腹里，洞天高阔，曲折幽深，彩灯映趣，更胜仙宫。那琳琅满目的石钟乳、石笋、石幔、石柱、石花……让人感到好像走进了一座艺术殿堂。

从前，芦笛岩里空空荡荡，哪来什么景致。有一年，皇帝老子做六十大寿，一道道圣旨传下来，要全国各地送金银财宝、异兽珍奇，进贡祝寿。官老爷们借祝寿之名，向老百姓搜刮一场，一时间全国各地被闹得乌烟瘴气，哭声震天。特别是云南、贵州、四川、广西等少数民族地区，更是被搅得鸡犬不宁、怨声载道。

过了不久，川、滇、黔之地的进贡队伍，陆陆续续地路过桂州府。这是支庞大的队伍，上千人的锣鼓喇叭队在前面鸣锣开道，乐声震天，把在月宫里睡午觉的嫦娥仙子给闹醒了。她推开窗子，朝下一望，只见一条长长的队伍像长虫爬行一样往北而去，道路两旁三五成群，老百姓有的在哭泣，有的在叫骂，悲声动地，怨气冲天。

嫦娥不知桂林发生了什么事情，忙叫小白兔下凡去打探。自己赶紧洗漱梳妆。小白兔来到桂林老人山，向牧马老人询问。老人叹了一口气，流着眼泪把事情的前前后后讲了一遍，并叫小白

「好词好句」
水榭亭台
精巧别致
*山腹里，洞天高阔，曲折幽深，彩灯映趣，更胜仙宫。

「专家解疑」
乌烟瘴（zhàng）气：形容环境嘈杂、秩序混乱或社会黑暗。

「名师点拨」
这两个词组不仅将当时的民愤、民怨形象地表达了出来，而且还对仗工整，有着强烈的气势和凝练简洁的概括力，实是不可多得的佳词美句。

兔快快转回月宫，请嫦娥想办法救救黎民百姓。

嫦娥听了小白兔的禀告，气得玉牙咬得咯咯响："好你个皇帝老儿，害得百姓家破人亡，我定要惩罚你们！"

且说，进贡队伍到了湖南，行经湘江，入洞庭，进长江到武汉的水路。嫦娥一看，计上心来。她飞到佛憎国阿罗寺，向十八罗汉借了八万只神乌鸦，等进贡的船队航行到洞庭湖心，她长袖一拂，顿时狂风大作，白浪滔天，把船只全部打翻了。八万只神乌鸦大显神通，叼起贡品，一件件送回物主手里。桂林的老百姓，知道是嫦娥做的好事，欢声雷动，感恩戴德不尽。嫦娥想，那些送贡品的狗官一向鱼肉百姓，让他们淹死，也不亏情理；至于当兵的，受人差遣，另当别论。于是又刮起了一阵狂风，把那些役兵全部送还原籍。

黔滇川桂的太守、州官得知从各家各户搜刮来的贡品又回到了物主手中，一个个气得吹胡子瞪眼睛，变本加厉地派出大批官兵进行抢夺，同时杀了不少人，烧了不少房子，老百姓被害得更惨了。这些情况让嫦娥知道了，心里很不好受。

不久，五郡的进贡队伍再次集结，又准备过洞庭湖。*这次官兵害怕狂风翻船，就把所有的船只用铁链连成一片。*这样，再大的风暴也不管用了。

嫦娥见了，暗自好笑：我不破你的连环船也能轻取贡品，只是这么多贡品如何处理，倒成了问题，弄不好又像上次那样，老

「好词好句」

禀告

白浪滔天

*八万只神乌鸦大显神通，叼起贡品，一件件送回物主手里。

*嫦娥想，那些送贡品的狗官一向鱼肉百姓，让他们淹死，也不亏情理；至于当兵的，受人差遣，另当别论。

「专家解疑」

感恩戴德：对别人所给的恩德表示感激。

「智慧引路」

吃一堑长一智固然是进步的表现，然而能够根据实际情况，及时采取相应的计策和措施去化解问题却更是难得。

百姓可遭殃了。最后她决定先施法术把官府搜刮来的宝物藏到山洞里去，等一年半载，风头过后，再把财宝退还物主。于是立即行动，一夜之间，人不知鬼不晓地将所有物品从连环船上搬到了桂林郊外。本来嫦娥想把贡品藏到七星岩里，只因常有游客进洞玩耍，感到不妥，后来东寻西觅，终于找到了桂林西北郊光明山腹中的一个大岩洞，这个洞大得能装下半边天。于是，所有财富一齐由嫦娥施法收进了光明山的岩洞中藏好。嫦娥见洞口太小，怕日子长了被灌木埋没，便在洞口附近种了几丛芦笛做记号，一切料理完毕，才回月宫去。

「专家解疑」
物主：物资或物品的所有者，多指失落或失窃的财物的所有者。

「名师点拨」
人们肉眼所能看见的天空是无边无际的，作者说这个洞能装下半边天，是用一种夸张的手法来说明这个洞很大。

嫦娥为营造桂林山水，曾劳累成疾，如今又为收宝之事，忙了几天，回到月宫，不料竟然病倒了，调养将近三月有余，方才好转。这天，嫦娥猛然想起将贡品退还物主之事，不等病体痊愈，便急忙赶下凡间。哪里还找得到主人！原来天上一日，等于世上一年，嫦娥在月宫养了三个多月病，人间早过去一百多个春秋了。物主之家，少说也传了三五代人，上哪里找去！

嫦娥悔恨不已，却也无可奈何，只好到光明山去看看。不得了，洞口已让人发现，还有十来个凶神恶煞的家丁提刀握棒守在那里。

「好词好句」
悔恨不已

无可奈何

*嫦娥见洞口太小，怕日子长了被灌木埋没，便在洞口附近种了几丛芦笛做记号，一切料理完毕，才回月宫去。

这是怎么回事？原来山下百冲村里，有个放羊娃，天天在山上放羊，无聊得很，看见山上有几丛芦笛长得特别茂盛，就去砍来做笛子吹。无意中让他发现了洞口，进去一看，净是金银财宝，出来一讲，全村都轰动了。大伙正要挑起箩筐去装运，却给对门

「专家解疑」
妄想：①狂妄地打算。②不能实现的打算。

村的大恶霸知道了。他马上派了家丁来看守，妄想占为己有。

嫦娥心想，让这些财宝留在世上，必然是个祸害，日后不知又要惹出多少是非来，*干脆把财宝化为石头，省得人们为它亡命，*于是吹了一口仙气，那一洞珍宝便化成了钟乳石。如今芦笛岩里最后一景“雄狮送客”，就是当年的金狮子化成的呢。

「智慧引路」
“人为财死，鸟为食亡”是亘古不易的至理，人们或利欲熏心，或为生活所迫，每朝每代都有无数人为钱财丧命，这不得不引起人们的深思。

嫦娥因为用手触摸了那些东西，就在洞口开掘了一个偌大的水池洗手，将手上的俗气和铜臭洗尽，并在池里种上莲花，以寄托出淤泥而不染之意。这便是芳莲池的来历。

瓦尔哈尔宫

在整个亚萨园中，最宏伟也最庞大的建筑，无疑是用无数箭镞和盾牌构成巨大屋顶的瓦尔哈尔宫了。那个时候，瓦尔哈尔宫也是世界上最大的建筑物。

「好词好句」
宽阔
英勇
*只有在战争中牺牲的精壮战士才有资格被选来住在这宏伟的宫殿里，而其他在人间因为疾病和衰老而死亡的人则只能被送到由死亡之主海儿所掌管的死亡之国。

瓦尔哈尔宫一共有五百四十道大门，每一道大门都无比宽阔，可以由八百个盔甲武士同时进出。

住在瓦尔哈尔宫里的，是所有在人间的战争中牺牲了的英勇战士。只有在战争中牺牲的精壮战士才有资格被选来住在这宏伟的宫殿里，而其他在人间因为疾病和衰老而死亡的人则只能被送到由死亡之主海儿所掌管的死亡之国。

在战争中牺牲了的国王、酋长和战士们在瓦尔哈尔宫又再次复活了。他们穿上亚萨神赐给他们的盔甲，操持着锋利的武器，又一次过起了战士的生活。

因为奥丁是一个喜欢战争的神，他让人间不断地发生战争，因此，到瓦尔哈尔宫来的死亡战士也越来越多，最后他们竟有了五千万名之多。然而，宏大的瓦尔哈尔宫仍然有足够的地方供他们居住。

「名师点拨」奥丁喜欢战争的性格与后文《奥丁旅行人间》一文颇为相符，在《奥丁旅行人间》一文中，他亦是一个极为好胜的人，曾经教唆吉洛德算计自己的哥哥安格纳。

这许许多多的死亡战士每天清晨就开始在瓦尔哈尔宫中的广场上进行训练。他们的训练就是互相之间的生死搏斗，有很多战士会在激烈的战斗中牺牲。

但是，黄昏降临时那些死去的战士会再次复活。第二天，他们又将投入激烈的战斗。

傍晚的时候，所有的死亡战士，经历一天的艰苦鏖战甚至死亡以后，坐在巨大的宴会厅里一起享受一顿丰盛的晚宴。

「专家解疑」鏖(áo)战：激烈地战斗；苦战。

奥丁神的美丽侍女们，手持着用兽角做成的巨觥，为死亡战士们进侍最甜美的蜜酒。这些被称为华尔克莱的侍女们就是当人间发生战争时，由奥丁派去在牺牲者中选择死亡战士的女神。有时候，当她们赶到人间的战场时，如果战争还没有分出胜负，她们也会根据她们的喜好来决定战争的进程。

华尔克莱们侍奉上的蜜酒，死亡战士们永远可以开怀畅饮，因为它们是直接从母山羊海德伦的乳房上挤出来的。海德伦是瓦尔哈尔宫中唯一的山羊，但是它却以宇宙树尤加特拉希的树叶为

「好词好句」
丰盛
喜好
*华尔克莱们侍奉上的蜜酒，死亡战士们永远可以开怀畅饮。

食，因此，它的乳房里永远胀满了香醇的蜜酒。

「智慧引路」古人云“兵马未动，粮草先行”，在战争年代，善待士兵即是打胜仗的前提，但凡有智慧的将领都会将士兵的饥寒问题放在首要位置。

*为了让战斗了一天，饥饿异常的死亡战士们吃饱，瓦尔哈尔宫中专门有一个技艺高超的厨师为他们烹调食物。*每天清晨，这个名为安德里门尔的厨师从猪圈里拖出野猪山里姆尔，把它杀掉，烹调成美味的猪肉。野猪山里姆尔体形极为庞大，它的肉足以让所有的死亡战士都吃得心满意足。但是，山里姆尔是不死的，厨师安德里门尔每天早上都能从猪圈里拖出一头复活成原来样子的野猪来。

众神之主奥丁也经常到瓦尔哈尔宫的宴会厅里和他的这些身经百战的死亡战士共进晚宴。但是，奥丁在宴会上只是喝一些从山羊海德伦身上挤出来的蜜酒而已，从来不吃用野猪山里姆尔的肉烹调出来的美味——伟大的奥丁神已经用不着再吃普通的食物了。但是奥丁会经常把桌上的野猪肉赐给围绕在他脚下的两头狼吃，如果他高兴的话。

「专家解疑」烹调：烹炒调制（菜肴等）。

众神之主奥丁把人类中死亡的战士收集在瓦尔哈尔宫中，并且不断加以训练，和神国亚萨园的一个巨大秘密有关。

宏伟壮丽的神国，在它博大的气概后面有一个悲剧的阴影。那是一个必然应验的预言，一个正在慢慢来临的结局，一个众神和全部世界的最后命运。这个命运称为雷加鲁克，代表着众神和一切生灵的末日。

「好词好句」
宏伟壮丽
博大
*那是一个必然应验的预言，一个正在慢慢来临的结局，一个众神和全部世界的最后命运。

在亚萨园中，只有全能的智者奥丁和他能预卜未来的妻子芙莉格知道悲剧性的雷加鲁克的存在和来临。除了他们之外，智慧巨人密密尔因为长年喝着知识和智慧的泉水而得以洞悉。

但是，不管是神祇还是巨人，预言从来都是受到禁忌的。在那个时候，奥丁、芙莉格和密密尔都不能告诉众神或其他生灵任何有关雷加鲁克的事情。同时，他们也为雷加鲁克的存在和逐步降临，感到无比的忧虑。芙莉格于是变得非常沉默寡言，整日坐在纺车前纺织神秘的金线。众神之主奥丁也时刻担忧着雷加鲁克的降临，因为他知道以他的天庭之威，再加上众神的力量，也不足以和这样的一种命运进行抵抗。他仅仅能做的，只是尽一切力量推迟它的最终到来。

为了世界上所有善良的生灵，奥丁付出了最大的努力和牺牲，以求达到这一目的。奥丁不遗余力地致力于增强自身的力量，尤其是自己的智慧和洞察力。在老巨人看守的密密尔泉边，奥丁牺牲了自己的右眼以期增加知识和智慧；同时，他又修造了宏伟壮丽的瓦尔哈尔宫，让他的侍女华尔克莱们去人间战场选择最勇敢的死亡战士，日日进行艰苦的训练。所有的一切，都是为了有朝一日当雷加鲁克最后到来时，他们可以跟众神和人类的敌人、毁灭世界的恶魔进行殊死的决战。

在追求知识、智慧和洞察力的过程中，奥丁不断地牺牲自己；因为真正有力量的知识，通常都是要以牺牲去换取的。有一次，通过一个神秘的预示，奥丁用长矛把自己刺伤，然后又倒挂在一

「好词好句」
洞悉
沉默寡言
*在那个时候，奥丁、芙莉格和密密尔都不能告诉众神或其他生灵任何有关雷加鲁克的事情。

「专家解疑」
不遗余力：用出全部力量，一点也不保留。

「哲理名言」
真正有力量的知识，通常都是要以牺牲去换取的。

「好词好句」
惊喜
崇拜
*此后，他的外祖父、女巨人培丝特拉的父亲又教给了他九首富有神力的歌曲，并同时赐给他喝一种有魔力的蜜酒。

「专家解疑」
咒语：①某些宗教信徒念的用以除灾或降灾的咒语。②泛指诅咒人的话语。

「哲理名言」
当你理解了它们的神奇，你用它们的时候它们有用，你需要它们的时候它们就会出现。

棵树上。他在树上一直吊了九天九夜，没有喝上一口蜜酒，也没有吃到一片面包。

第九天，奥丁向下一看，惊喜地高叫起来。他在树下发现了神奇的卢尼文字。但这一声高叫，使他从树上重重地摔了下来。奥丁在树上倒悬九昼夜的牺牲赢得了威力强大的卢尼文字。此后，他的外祖父、女巨人培丝特拉的父亲又教给了他九首富有神力的歌曲，并同时赐给他喝一种有魔力的蜜酒。这样，奥丁就能够用卢尼文字的歌曲唱出咒语，而这种咒语几乎是无所不能的。后来，奥丁又把这种法术教给了亚萨神们和人类中的英雄。奥丁说："学着去唱它们吧，儿子们，尽管学习将会历时漫长；而当你理解了它们的神奇，你用它们的时候它们有用，你需要它们的时候它们就会出现。"

在悲剧命运到来之前，奥丁让众神学习用卢尼字母写下的诗歌，期盼他们能从中获得智慧和力量，并且可以在最后的决战中保护自己。

而奥丁，因为知识丰富和智慧出众，因而也是人类崇拜的知识和智慧之神。

何仙姑与白水寨瀑布

广东省增城市派潭镇的白水寨瀑布，其瀑面形态像一位侧立的仙女，传说正是何仙姑的化身。

相传很久以前，每年的三月初三，天上人间各路神仙都会应王母娘娘的邀请，到昆仑山瑶池参加蟠桃盛会。吕洞宾、汉钟离、铁拐李等七位神仙，只因缺少一位向王母娘娘敬酒的女仙而迟迟不能成行。吕洞宾情急之下，驾起祥云遍游天下，欲寻一位有仙缘的人间女子共赴蟠桃盛会。

吕洞宾曾在博罗罗浮山修炼过道术，心想此处是道家福地，这一带人杰地灵，必有合意之人。于是他按落云头，谁知由于心急用力过猛，没有落在罗浮山，却落在离罗浮山不远的增城县城内一个叫春冈的山上。当时正是唐朝武则天时期，何泰夫妇从小楼迁居到县城，就居住在春冈山脚下。何泰在县城开了一间远近闻名的药材铺，名叫“泰全堂”，意即药铺里的药材又好又多。何泰出身书香世家，做生意以积德行善为本，时常拿出钱粮救济穷人，人称“何善人”。何泰年过四十始得一女。此女出生时已非同凡响，旧时县志记载：仙姑在出生时，有紫色的云彩缭绕在屋顶上。何女三四岁时，聪明伶俐，诗书倒背如流。长到十六岁时，何女不仅出落得貌如天仙，而且知书识礼，才智过人。上门求亲的人踏破门槛。何泰夫妇心里乐开了花，要从中物色一个百里挑一的上门女婿来承继家业。

当日，何泰正在坐堂售药。吕洞宾走下春冈，化作云游道士，逐户化缘。走在街上，忽见“泰全堂”药店，吕洞宾心想，泰

「名师点拨」这句话交代了故事发生的背景，为后文吕洞宾云游天下寻找仙缘做铺垫，作者运用烘云托月的方法为何仙姑的出现起到了很好的突出作用。

「专家解疑」人杰地灵：人物杰出，山川有灵气。指杰出的人物出生或到过的地方成为名胜之区，也指杰出人物生于灵秀之地。

「好词好句」
远近闻名
书香世家
*此女出生时已非同凡响，旧时县志记载：仙姑在出生时，有紫色的云彩缭绕在屋顶上。

全泰全，即什么都全，如此大的口气，随即想去刺探一番，看是否名副其实。何泰见一云游道士进门，便笑脸相迎。吕洞宾还过礼后就说：“我要买几味药，不知宝号可有？”何泰答道：“我祖传药铺，有三千药料，八百丹方，远近闻名，一定可以满足你的要求。”吕洞宾听说即提笔在手，就在药店粉板上写下四味药名：

一要家和散，二要顺气汤。

三要清毒饮，四要化气丹。

何泰找了半天，一味也没有找到，心知道士有意刁难，只好回吕洞宾说没有此四味药。谁知吕洞宾一定要这四味药，说没有就砸牌子，两人就你一句，我一句争吵起来。

正在楼上读书的何姑娘被争吵声惊动，忙下楼探问何事。何姑娘对吕洞宾说：“仙长莫急，你要什么药待本姑娘帮你找。”吕洞宾见何姑娘柳眉奇清，体态轻盈，天生一副天仙模样，心里已觉此姑娘有缘，于是将要找的几味药重述一遍。何姑娘一听就问吕洞宾：“请问仙长是幼年出家还是中年出家？”吕洞宾答道：“自幼出家和中年出家又怎样？”何姑娘说：“自幼出家不知此药，中年出家才知此药。”吕洞宾就说：“我是中年出家。”何姑娘马上朗声答道：

父慈子孝家和散，弟忍兄宽顺气汤。

妯娌和睦清毒饮，家有贤妻化气丹。

吕洞宾一听，心中大喜，心想何姑娘不仅貌似天仙，而且心

「好词好句」
刺探
惊动
*何泰找了半天，一味也没有找到，心知道士有意刁难，只好回吕洞宾说没有此四味药。

「专家解疑」
砸牌子：指产品（多指名牌产品）由于质量下降等原因而使品牌信誉受损。

「哲理名言」
父慈子孝家和散，弟忍兄宽顺气汤。妯娌和睦清毒饮，家有贤妻化气丹。

灵机巧，有仙家慧质，有此姑娘向王母娘娘献酒，王母娘娘不知该有多高兴。吕洞宾于是露出真身，向何泰夫妇说明来意，要度何姑娘成仙。

何姑娘自幼天资聪颖，饱读诗书，喜清静道行，忽见眼前有仙人点化，度她成仙，自然喜出望外。但何泰夫妇只得一女，说什么也不肯让女儿离家步入仙界。夫妇俩为了拴住女儿不让其离开，急急为何姑娘挑选了夫婿，并择下日子成亲。

何姑娘虽十分孝道，疼惜父母，但自知自己天命如此，修道与尽孝不能两全，下定决心跟吕洞宾入道成仙。

成亲的日子到了，何姑娘却不见了，只在家的水井旁找到她的鞋，丫鬟又在书房找到她写的一首诗：

麻姑怪我恋尘嚣，一隔仙凡道路遥；

此去沧州弄明月，倒骑黄鹤听鸾箫。

*何姑娘诗中言明自己立志修行，何泰夫妇看了，自知女儿再也找不到了，只得伤心地痛哭一场。*其实何姑娘早已到了道家福地罗浮山，找到吕洞宾。吕洞宾见何姑娘立志修行，十分高兴，拉起何姑娘步入云端。何姑娘对吕洞宾说，希望能向家乡父老道别。吕洞宾一听随即调转云头，飞临增城春冈上空。

何姑娘在彩云缭绕中向父老乡亲拜别，当时增城人都见有凤凰伴着五彩祥云浮在春冈山上空，后又飞落在春冈山。正当人们跪地膜拜之际，一条黄绢从空中飘落在春冈山上，上面写着何姑

「好词好句」
饱读诗书
喜出户外
*何姑娘在彩云缭绕中向父老乡亲拜别，当时增城人都见有凤凰伴着五彩祥云浮在春冈山上空，后又飞落在春冈山。

「智慧引路」
何仙姑志向远大，有成就大业的决心，而这种决心正是每个成功人士必须具备的一种良好的心理素质。

「专家解疑」
掉（diào）转：改变成相反的方向。也作调转。

膜（mó）拜：跪在地上举两手虔诚地行礼。

娘的三首诗，其中一首是这样写的：

已随群真入紫微，故乡回首尚迟迟；

千年留取井边履，说与草堂仙子知。

后来增城人把春冈山改叫凤凰山，将何姑娘的三首诗写在凤凰山脚下万寿寺旁何家故居井旁的墙壁上，一千多年过去了，至今井和诗还可以见到。

「名师点拨」作者之所以要说千年后还能见到诗文的字迹，主要是为了印证前文内容的真实性，给读者以真实的感觉。

话说吕洞宾与何姑娘离开县城，往北飞去，当飞临增城派潭北部群山时，只见群峰耸立，云雾如烟，古树苍翠，山花烂漫，溪泉清碧，猿猴跳跃，孔雀绚丽，大象安详。景色如此优美，吕洞宾不由得大呼一声：“真是人间仙境。”话毕，何姑娘忽见一女子顺着深涧往下漂，忙呼吕洞宾救人。吕洞宾一看，哈哈大笑：“水中的女子，是你的凡体，你已成仙了。”原来只因吕洞宾大呼一句，此地即布满仙气，变为仙境，何姑娘也因此脱胎换骨变为何仙姑了。何仙姑不忍心见自己的身体在水中漂浸，于是施起法术，按照自己身体的模样将肉身点化成一条巨大的瀑布。瀑布如一侧立的女子，面向南边，意思是何姑娘虽然已成仙人，但肉身永留家乡，守望南边自己的故乡。这条巨大的瀑布，就是现在的白水寨瀑布。

「好词好句」人间仙境
守望
*只见群峰耸立，云雾如烟，古树苍翠，山花烂漫，溪泉清碧，猿猴跳跃，孔雀绚丽，大象安详。

「专家解疑」点化：道教传说，神仙运用仙术使物变化。借指僧道用言语启发人悟道。泛指启发指导。

名家品评

玉姑、夸父为了替大众消除灾难，谋求福利，舍身成仁的精神光耀万古；奥丁为了解除世间苦难，在树上吊了九天九夜，终于如愿；何仙姑运用自己的聪明和智慧巧妙地替父亲解开了难题，还博得了神仙吕洞宾的青睐，终于位列仙班。小朋友在成长的过程中，不仅要立下正确的人生理想，还应具备为实现理想而努力的坚定信念。

阅读思考

1. 玉姑是怎样打败残害百姓的大黄龙的？
2. 嫦娥为什么要把那无数的财宝变成钟乳石？
3. 吕洞宾为什么要刁难何仙姑的父亲？

第六章
逸闻篇

世界上许多事物背后都有一个美丽的传说，它们或感人泪下，或催人奋进，或赐予人无限的哲理……众神之主奥丁教唆吉洛德暗算自己的兄长安格纳，以便自己继承王位。这一决定到底给人们带来了福音还是灾难呢？后稷为什么一出生就遭到了人们的遗弃？杜鹃啼血的传说讲述的又是怎样的感人故事呢？

奥丁旅行人间

「名师点拨」作者用“十个冬天那么大”代指安格纳已经十岁了。与此类似且常用来代替“年”的还有“春秋”“寒暑”“载”等。

众神之主奥丁酷爱旅行，在旅行中不断地增加他的知识和智慧。奥丁因而也经常到人间旅行，化装成老人或者巫师，在人间体察疾苦，以惩恶扬善。人类居住的中间园里，纷纷扬扬地留下了奥丁的许多神迹。

从前在人间有一个国王，生有两个儿子，叫作安格纳和吉洛德。当安格纳的年龄有十个冬天那么大，吉洛德有八个冬天那么大的时候，兄弟两人有一次摇着小船去河里捕鱼。不巧的是，在他们捕鱼的地方突然刮起了大风，把他们的小船吹到了遥远的大海上。小船在海上漂了很久以后，终于在一处海滩上搁浅了。这时候，夜已经降临了。

两个年幼的兄弟弃船登岸，在黑暗中摸索着向陆地走去。不久，他们找到了一个没有孩子的农夫家，并且受到了农夫夫妻的精心照料。在这户农夫家里，兄弟俩和老夫妻共同度过了一个冬天。在这个冬天里，农妇照料和教育年长的安格纳，农夫则照料年幼的吉洛德，并且教给了他很多知识和智慧。春天到来的时候，农夫给了兄弟两人一条小船，让他们驶回自己的故乡。

农夫夫妻动情地把他们送到海边，挥手告别。临分手的时候，农夫又把吉洛德拉过一边，神秘地对他面授了一些机宜。

安格纳和吉洛德摇着小船，顺利地回到了他们父王的国土。但是，就在他们靠岸的时候，站在船头上的吉洛德一下子跃上了岸滩，然后转身用力将小船推离岸边。大风吹来，加上吉洛德的一推之力，载着安格纳的小船又向海中漂去。*吉洛德根据农夫的授意，无情地做了这一行为后，还得意地对他远去的兄弟喊道：*

“你随便漂到哪里去吧！”

接着，吉洛德独自一人回到了他父王的宫殿。那时候，老国王刚刚亡故，众大臣看到一个王子平安归来，非常高兴，便拥戴吉洛德做了国王。

「好词好句」

摸索

照料

*不巧的是，在他们捕鱼的地方突然刮起了大风，把他们的小船吹到了遥远的大海上。

*在这个冬天里，农妇照料和教育年长的安格纳，农夫则照料年幼的吉洛德，并且教给了他很多知识和智慧。

「专家解疑」

机宜：针对客观情势处理事物的方针、办法等。

「智慧引路」

吉洛德用阴谋诡计谋害哥哥，完全不顾手足之情，虽说是受了“农夫”的唆使，可是也是他内心的自私、狠毒在作祟。

「好词好句」
点破
神通广大
* 众神之主奥丁一天正和他的妻子芙莉格一起，坐在亚萨园中那把神奇御座上俯瞰各个界面中的情景。
* 为此，他决定亲自前往中间园，微服察访吉洛德国王的德行。

「专家解疑」
天壤之别：形容极大的差别。也说天渊之别。

「智慧引路」
只有防范于未然，才能将一切的潜在危险扼杀在萌芽时期，这是一种居安思危的危机感，能够鞭策人不断地进步。

许多年以后，众神之主奥丁一天正和他的妻子芙莉格一起，坐在亚萨园中那把神奇御座上俯瞰各个界面中的情景。无意之中，奥丁在中间园看到了已经当上国王的吉洛德。这使他回想起了许多年前，他和芙莉格装扮成农夫和农妇，在海边将两个年幼兄弟抚养了一个冬天的事情。

他于是转身和芙莉格说道："你还记得那两个人类的年幼兄弟吗，你抚养过的那个安格纳，现在大概在山洞里忙着和女巨人生儿子吧？你看我抚养的这个吉洛德，已经成了人间的国王，正忙着治理他的国家呢！"

芙莉格自然也知道，奥丁为了和她斗智，有意让幼年的吉洛德在回家时算计他的兄弟，这样，奥丁就足以向她证明，他的神力远胜于芙莉格，连分别抚养过的儿童日后也有天壤之别。在奥丁得意之时，芙莉格也不向他点破，只是对奥丁说："可惜，这个吉洛德国王是个暴虐之君。他甚至有时会觉得他的客人可厌，而无缘无故地将他们虐待。"

奥丁狐疑地看着芙莉格，不太相信她说的话。为此，他决定亲自前往中间园，微服察访吉洛德国王的德行。但是，当芙莉格知道了奥丁的计划后，立即派她的贴身女侍芙拉先奥丁一步去见吉洛德国王。芙拉对吉洛德说，有一个神通广大的巫师就要到他的国家来了，*这个巫师会用妖术蛊惑于他，因此让他一定预先提防*。芙拉又特别提到，这个巫师虽然精于变化，但还是很容易辨认出来的，因为他神通广大，所以再凶恶的狗见了他都不敢朝他吠叫。说吉洛德国王暴虐和不善待于人，其实是一种诽谤；但不知就里的吉洛德还是号令天下，捉拿恶狗不敢朝他吠叫的巫师。终于，装扮成巫师的奥丁被武士抓来了。他穿着一件深蓝色的宽大上衣，自称格里姆尼尔。但除此之外，格里姆尼尔拒绝回答任何问题，态度十分强硬。*吉洛德国王为了盘查他的底细，下令对他进行严刑拷打。*宫中的打手用两盆熊熊的烈火一前一后地烧烤这个巫师，一直烤了八天八夜。八天之中，格里姆尼尔滴水未进，被折磨得死去活来。吉洛德国王有一个年幼的儿子，年龄仅有八个冬天那么大，和他伯伯的名字一样，也叫安格纳。当小安格纳看到这个被大火烤了八天八夜的可怜的老人的时候，非常同情地用一个牛角杯盛满了水，偷偷地端去给他喝。小安格纳也对格里姆尼尔说，吉洛德国王这样无缘无故地拷打他，是非常不公正的。

受尽折磨的格里姆尼尔接过牛角杯，喝了一口水。这时候，他身后火盆中的火焰已经烧着了他的深蓝色上衣。在火光映照下，老巫师对小安格纳吟唱起了一首诗歌，在诗歌中，他详细地叙述了世界和人类的起源、统治世界的众神和神国亚萨园里的情景。最后，他告诉安格纳，自己就是世界的最高统治者奥丁。

吉洛德国王在格里姆尼尔吟唱的时候走了进来，他手持宝剑坐在一边，也和安格纳一起听他吟唱。由于诗中充满了他闻所未闻的博大知识，他被深深地吸引住了，而且不知不觉中他的手松

「好词好句」

神通广大

无缘无故

*说吉洛德国王暴虐和不善待于人，其实是一种诽谤；但不明就里的吉洛德还是号令天下，捉拿恶狗不敢朝他吠叫的巫师。

「智慧引路」

严刑拷打向人逼供，只有意志软懦的人才会屈服；而对于意志坚定的人，酷刑却无法撬开他的唇舌。

「专家解疑」

诗歌：泛指各种体裁的诗。

起源：①开始发生（后面多跟“于”）。②事物发生的根源。

闻所未闻：从来没有听到过的。形容事物非常稀罕。

「专家解疑」
巫（wū）师：以装神弄鬼替人祈祷为职业的人（多指男巫）。

开了宝剑。当吉洛德最后听到这个自称格里姆尼尔的巫师就是众神之主时，他不由得大吃一惊，连忙起身欲将奥丁从火焰中拉出。在他起身的时候，松开在膝盖上的宝剑滑落在地，而在他过去拉奥丁的时候，又一下子绊倒在宝剑的剑锋上。吉洛德国王就此死去，而格里姆尼尔，或者奥丁，也在国王死去的时候突然消失得无影无踪。继吉洛德死后，他的儿子安格纳如奥丁所愿，成了那个国家的国王。安格纳因为深受奥丁的教诲和厚望，治理国家非常有方。在他统治的时期，他的国家风调雨顺，人民安居乐业，过着幸福的生活。

「好词好句」
无影无踪
厚望
＊在他统治的时期，他的国家风调雨顺，人民安居乐业，过着幸福的生活。

后稷与五谷

中国古代文明属于农耕文明，因此在中国神话中也保留了许多关于农业的故事。

人类诞生以后，靠打猎、捕鱼或者采集野生的果实为生，终日奔波劳累，有时候还不免挨饿。

「名师点拨」
文章开头提到民生疾苦，随后话锋一转，开始叙述姜嫄的故事，这些都是为后面的情节做铺垫。

有个年轻的姑娘，叫姜嫄。有一天，姜嫄到外面玩耍，在回家的路上，她偶然发现一片湿地上有一个巨大的脚印。姜嫄既感惊异，又觉得好玩，便用自己的脚踏进巨人的足迹里。谁知她刚刚踏进巨人足迹大脚指的地方，就感到身体里有种震动。回家不久，姜嫄就怀孕了。

时间很快过去了，到分娩的时候，姜嫄生下一个小男孩。因为他是一个没有爸爸的孩子，周围的人都觉得不吉利，便强行从姜嫄怀里把男孩抢走，丢弃在田野里，以为这样一来孩子准会被饿死。可是，路过的动物保护了小男孩，一些雌性动物还喂男孩奶吃。人们见他不死，又准备把他丢弃在森林里，恰巧这时候有人来砍树，没有抛弃成功。最后，恼怒的人们索性把他抛弃在寒冰上，可是人们还没走远，天上的鸟都飞下来，用翅膀给男孩挡风寒。

人们觉察到，小男孩不是普通人，于是把他抱回来，还让他的母亲抚育他。因为男孩曾经被多次抛弃过，姜嫄就给他取了个名字叫“弃”。

弃小时候就有远大的志向。他看到人们追逐动物、采食野果，

「好词好句」
吉利
恰巧
*可是，路过的动物保护了小男孩，一些雌性动物还喂男孩奶吃。
*人们觉察到，小男孩不是普通人，于是把他抱回来，还让他的母亲抚育他。

终日过着漂泊不定的生活，就想：如果能有一个固定供应食物的地方就好了。*他通过仔细观察，把野生的麦子、稻子、大豆、高粱以及各种瓜果的种子采集起来，种在自己开垦的小片土地里，定时浇水、锄草，悉心照料。等到它们成熟了，结的果实非常饱满，而且比野生的味道好。*

为了更有效地培育这些野生的植物，弃还用木头和石块制造了简单的工具。等弃长大成人，他在农业方面已经积累了丰富的经验。弃毫无保留地把自己的农耕知识传授给人们，从而使人们逐步摆脱了仅靠打猎、捕鱼和采食野果的生活。因此人们把弃尊称为“后稷”，“后”的意思是君王，“稷”的意思是粮食。

后稷死后，人们为了纪念他的功劳，就把他葬在一个风景美丽的地方——都广之野。天上的神仙上下往来的天梯就在它的附近。“都广之野”土地肥沃，各种谷物庄稼苗壮生长，每到秋天收获季节，还会出现凤凰率百鸟在这里起舞的奇异景象。

「智慧引路」
凡成就大业者都能够仔细地观察生活，透过现象看本质，并为之不断地做出尝试、努力，这不仅需要超常的智慧，更需要过人的毅力。

「好词好句」
纪念
功劳
*“都广之野”土地肥沃，各种谷物庄稼苗壮生长，每到秋天收获季节，还会出现凤凰率百鸟在这里起舞的奇异景象。

「专家解疑」
故事：①真实的或虚构的用作讲述对象的事情，有连贯性，富吸引力，能感染人。②文艺作品中用来体现主题的情节。

马头琴的来历

马头琴是蒙古族特有的乐器，它的由来有一个美丽动人的故事。

在很久以前的科尔沁草原上，年轻的牧人巴特尔一家为王爷世代牧马。一天，巴特尔发现了一匹悲鸣的白色小野马，就把小白马带回了家。巴特尔和小白马相依为命，他走到哪儿，小白马就跟到哪儿。几年过去了，小白马长成了一匹矫健的千里马。

在一次大型的那达慕大会上，巴特尔骑着白马遥遥领先，获得了赛马的第一名，巴特尔心中充满了胜利的喜悦。他不知道，灾难就要降临了。

王爷看中了巴特尔的白马，强行骑走了白马。白马非常愤怒，冲出马场，把王爷摔下了马背。王爷气急败坏，派人四处围猎，发誓要射杀白马为自己报仇。

晚上，巴特尔正独自伤心难过，突然，他听见了急促的马蹄声，由远而近。巴特尔走出蒙古包，看见白马回来了。白马跑到巴特尔面前，一头栽倒在地，它流着眼泪，抬了抬后腿，甩了甩尾巴，满眼期待地望着巴特尔。巴特尔好像明白了白马的意思，他对着白马点了点头，白马这才闭上了眼睛。

伤心的巴特尔在白马的尸体旁守了三天三夜。然后，他把白马的后腿骨和马尾取了下来，在草原上安葬了白马。*巴特尔日夜思念着白马，他用白马的后腿骨做琴身，琴身顶部雕刻成白马的形状，用马尾做琴弦，马头琴就这样诞生了。*

从此，巴特尔用马头琴抒发自己对草原、蓝天、白云、羊群、马群的热爱和对生活的向往。随后，蒙古族人民就用马头琴来表达自己的心声。

「专家解疑」
相依为命：互相依靠着生活，谁也离不开谁。

「好词好句」
降临
气急败坏
*白马跑到巴特尔面前，一头栽倒在地，它流着眼泪，抬了抬后腿，甩了甩尾巴，满眼期待地望着巴特尔。

「智慧引路」
巴特尔并没有将白马的全部尸体下葬，而是将它的部分肢体取下来做成马头琴，让白马的生命以另一种方式得到了延续。这并非残忍，而是让白马的生命价值得到了永久的升华。

奥丁盗灵酒

在亚萨和华纳两大神族的众神举行会议缔结和平的时候，众神们的意见互不相同，各种各样的主意层出不穷，会议陷入了长久而混乱的争执之中。为了中止这种无休无止的争论，尽快缔结和平，众神最后一致同意不再胡乱发表意见，代之以每位神祇都在一个陶罐里吐上一口唾液，以示信守诺言和不再浪费口舌了。关于和平的协定，即互相派人到对方的族里充当人质的办法很快就决定下来了，神族之间的和平会议因而也取得了圆满的成功。

「专家解疑」
层出不穷：接连不断地出现，没有穷尽。

神总是能够创造奇迹的。当两大神族每一位神的唾液混合在陶罐里，带着各种不同力量和智慧的神物互相作用后，一个生命竟然从这罐唾液中诞生出来了。从众神的唾液中诞生出来的是一个叫作卡瓦西的男人，个子矮小，却异常聪明。或许是他身上汇集了众神的各种智慧的缘故，卡瓦西能够随时随地地解答各种困难的问题，从来也不曾被难倒过。聪明的卡瓦西尤其喜爱旅行，浪迹于天地之间的每一个地方，并在所到之处教给人们各种各样的智慧和学识。

「好词好句」
协定
圆满
*当两大神族每一位神的唾液混合在陶罐里，带着各种不同力量和智慧的神物互相作用后，一个生命竟然从这罐唾液中诞生出来了。

有一天，卡瓦西来到了侏儒国，遇上了两个狡猾而好妒忌的侏儒，法牙拉和戈拉。这两个侏儒因为妒忌卡瓦西的学识和智慧，遂起了不良之心。他们对卡瓦西谎称有要事和他密谈，把他骗到了侏儒的住处——一个阴森幽静的岩石洞穴里。在那里，两个侏

「智慧引路」
每个人都有自己的优点和缺点，评价、看待一个人应该正确而客观，以貌取人或只看到别人的短处，都是不对的。

儒狠心地谋杀了聪明的卡瓦西，并让他的鲜血全部流在了两个陶罐里。接着，两个侏儒又用一罐蜂蜜和卡瓦西的两罐鲜血混合在一起，在一个大锅中酿出了一种蜜酒。从众神的唾液中诞生的卡瓦西，他的鲜血也充满了神奇的力量。两个侏儒酿造的这种蜜酒，是一种神奇的灵物，任何人只要喝上一口，不仅能变得聪明，而且马上就能成为一个吟唱诗人，出口成章。

侏儒们在造出这种灵酒后，把它分别装在三个罐子里，珍藏起来。同时他们又四处造谣，声称卡瓦西是一个聪明反被聪明误的典型人物，肯定会在什么地方自取灭亡的，等等，以混淆视听。

此后不久，这两个侏儒欲出海办事，邀请一个名叫吉灵的巨人为他们摇船。巨人吉灵把妻子留在岸上，就同两个侏儒一起出发了。*在出海途中，也许是这个巨人无意中得罪了侏儒，回程的时候侏儒们竟有意地把小船撞向一堆礁石，弄翻了小船。*这样，不识水性的巨人就不明不白地淹死在大海里了。凶恶的侏儒却装成什么事情也没有发生的样子，翻过小船，大模大样地回到了岸上。但是，当吉灵的妻子知道她的丈夫已被淹死在大海里的噩耗时，不禁放声大哭。她的悲伤绵延不绝，她的哭声也悲天凄地，一发而不可收。法牙拉和戈拉两个侏儒听着这种大声的哭泣感到非常的不耐烦，于是他们哄骗巨人的妻子到海边去祭奠她的丈夫，在她经过一座大拱门的时候，其中的一个侏儒狠毒地从拱门上推下一块巨石，把她砸死了。

「好词好句」

不明不白

大模大样

*接着，两个侏儒又用一罐蜂蜜和卡瓦西的两罐鲜血混合在一起，在一个大锅中酿出了一种蜜酒。

*她的悲伤绵延不绝，她的哭声也悲天凄地，一发而不可收。

「专家解疑」

出口成章：话说出来就是一篇文章，形容文思敏捷或擅长词令。

「智慧引路」

文中的侏儒们心胸狭窄，残害巨人的性命，这种做法极其偏激，是一种错误的行为，小朋友们应当引以为戒，学会做一个宽容、大度的人。

「好词好句」
惊恐万状
耳闻
*当两个侏儒无故谋害他父母的消息传到巨人国以后，苏特顿异常愤怒地来到了侏儒国，从岩石洞穴里生擒了这两个心狠手辣的东西，然后把他们带到了大海上。

「专家解疑」
无上：最高。

「智慧引路」
奥丁对智慧和知识一直有着狂热的追求精神，小朋友们还记得奥丁为了服饮能够增加智慧的泉水而以自己的一只眼睛作为交换条件的故事吗？在追求知识上，小朋友们也应具备这种精神。

被侏儒谋害的巨人夫妻生有一个名为苏特顿的儿子，是在约顿海姆很有力量和威望的巨人。当两个侏儒无故谋害他父母的消息传到巨人国以后，苏特顿异常愤怒地来到了侏儒国，从岩石洞穴里生擒了这两个心狠手辣的东西，然后把他们带到了大海上。苏特顿把这两个侏儒绑在了一个恶浪滔天的礁石岛上，意欲让这两个杀害其父母的凶手受尽恶浪冲击的折磨而死去。这时候，两个侏儒惊恐万状地恳求苏特顿饶过他们性命，他们愿意将酿造出来的三罐灵酒全部送给苏特顿。巨人早已隐约有所耳闻这种神奇的灵酒，因而也就同意了侏儒的换命条件。巨人苏特顿把三罐灵酒带回家后，视为无上之宝，专门在一个叫作尼特堡的山崖里凿了一个石窟，将灵酒藏在其中。由于外面关于灵酒一事已有传闻，为防不测，苏特顿又派他的女儿庚莱特住在山崖的石窟里，日夜守护着灵酒。

巨人生性尤其吝啬，无论是神祇、精灵、巨人还是侏儒，谁都无缘沾上一滴灵酒。

关于灵酒的事情，自然早已被神通广大的亚萨神们得知了。*一直都在热切地追求知识和智慧的众神之主奥丁自然也不会坐视神奇的灵酒就这样被封闭在尼特堡的石窟之中。*有一天，奥丁从百忙之中腾出空闲，起身往巨人国尼特堡的方向出发了。当奥丁来到约顿海姆，距尼特堡不远的一个庄园里的时候，他看到有九个仆役正在用大弯镰刀割草，因为镰刀很钝，所以仆役们割得非常吃力。*奥丁见状上前说，他有一块非常有用的磨石，可以帮他们把镰刀磨得锋利，这样他们割草就不会如此吃力了。*然后奥丁从腰带上解下一块磨石来，把九把镰刀都磨得非常锋利。

九个仆役看到这块磨石果真非常有用，遂人人都想把它据为己有。他们争先恐后地要向奥丁买下这块磨石，于是互相之间立刻争吵起来。奥丁装作胆小的样子，扬手把磨石抛到空中，声言谁抢到就归谁。愚蠢的仆役们为了得到这块磨石，打斗成了一团，一场混乱的战斗后，他们互相之间用刚刚磨快的镰刀割断了头颈。当然这也说不定奥丁在暗中使用了什么道法，使他们正好互相之间割断了头颈，而且死得一个也不剩。

傍晚的时候，奥丁来到了这个庄园的主人家中，以求借宿。这家庄园的主人是一个叫作保吉的巨人，正是巨人苏特顿的兄弟，在这一带是个小地主的角色。他此刻愁眉苦脸地对前来投宿的客人说，他的九个糊涂的仆役今天莫名其妙地互相割断了脖子，而现在正好是割草的季节，一下子又找不到其他的仆役，他为此感到非常焦急。

奥丁顶着一个假名假姓，向庄园主建议说，自己倒是干活的一个好手，可以一个人干完九个人的活，但是干活的酬劳却必须是要保吉从他兄弟苏特顿那里要一口灵酒喝。保吉有点为难地说，灵酒是苏特顿的命根子，他也不能肯定到时候能否要到。不过他承诺说，如果奥丁真的能够帮他做完九个人的活的话，他到时候

「智慧引路」
仆役们的镰刀经过奥丁的磨石磨过之后变得锋利起来，俗语“磨刀不误砍柴工”，说的也正是做事情要注重方法的道理。

「专家解疑」
愁眉苦脸：形容愁苦的神情。

「好词好句」
为难
承诺
*奥丁顶着一个假名假姓，向庄园主建议说，自己倒是干活的一个好手，可以一个人干完九个人的活，但是干活的酬劳却必须是要保吉从他兄弟苏特顿那里要一口灵酒喝。

「智慧引路」“欲取之，先予之”，要想获得别人的信任和帮助，必须先要付出自己的真诚。

「好词好句」
鼓动
疑心
*这样，奥丁把三罐灵酒都含在嘴里，出了尼特堡后立即变成了一头鹰，以大功告成的姿势向亚萨园方向飞去。

「专家解疑」
花言巧（qiǎo）语：①指虚假而动听的话。②说虚假而动听的话。

一定想尽一切办法让奥丁喝上一口灵酒。

*整个夏天，奥丁成了一个最能干的农夫，他非常卖力地做着原来需要九个人才能做完的农活，巨人保吉对他所干的农活也非常满意。*冬天到来的时候，保吉带着奥丁来到了苏特顿的住处，百般恳求他兄弟给这个勤劳能干的农夫一口灵酒喝。但是，吝啬的苏特顿断然拒绝了保吉的请求，连半滴灵酒也不肯拿出来。

退出苏特顿的住处后，保吉为了酬谢奥丁，决定帮助他盗取灵酒。于是，两人带着钻子，由保吉带路，来到了藏着灵酒的尼特堡的山崖旁。在奥丁的鼓动下，保吉用钻子在山崖上钻了一个深洞，一直通往藏灵酒的石窟。当保吉钻通石壁后，奥丁变成了一条蛇，钻了进去。在山崖旁的保吉在钻通石壁后虽然开始后悔，但也无可奈何，一声不吭地回家去了。

奥丁钻进石窟后，首先碰上了巨人的女儿庚莱特，并且用花言巧语一下子骗得了庚莱特的爱情。在石窟里，他们一起度过了三个良宵。被爱情迷昏了头的庚莱特答应在奥丁离去的时候让他喝上三口灵酒。奥丁却趁机在每一个装灵酒的罐子里都喝了一口。他的这一口，其实把罐中的灵酒都喝进了嘴里。这样，奥丁把三罐灵酒都含在嘴里，出了尼特堡后立即变成了一头鹰，以大功告成的姿势向亚萨园方向飞去。

巨人苏特顿在家中闲坐，无意之中看到一头鹰从尼特堡的山崖中飞出，顿时起了疑心。于是他自己也变成了一头鹰，立刻追了上去。

口里含着三罐灵酒的奥丁飞起来似乎很是不便，后面已看出破绽的巨人又紧追不舍，形势十分紧张。在临近亚萨园的时候，苏特顿几乎就要追上奥丁了。亚萨园的众神看到两头鹰一前一后飞来，知道奥丁出门盗灵酒已经得手，便纷纷踏上亚萨园的围墙，在墙头上一字排开了许多罐子。当奥丁飞抵围墙的时候，他就把灵酒吐在了这些罐子中。*巨人一看众亚萨神都在墙头上呐喊，自知寡不敌众，只能气恼地飞走了。*

奥丁成功地盗得灵酒后，就把它们分赠给亚萨神、精灵和人类中的智者享用。喝了灵酒的神祇、精灵和智者，因而也就成了吟唱诗人，写出了许多动人的诗篇。但是，在奥丁被巨人追击之时，也有一些灵酒在仓皇之中吐到了罐子外面，而罐子外面的灵酒是谁都能喝的；但是喝了那种灵酒的人，只能成为假诗人，他们是写不出真正动人的诗章来的。

「好词好句」
得手
动人
*口里含着三罐灵酒的奥丁飞起来似乎很是不便，后面已看出破绽的巨人又紧追不舍，形势十分紧张。

「智慧引路」
奥丁已经将灵酒向下面的罐子喷洒了下去，巨人再纠缠下去已经没有任何意义，所以有时候在看清情势后选择退出也是一种智慧的表现。

丢卡利翁和皮拉

在人类的青铜时代，世界的主宰宙斯不断地听到这代人的恶行，他决定扮作凡人降临到人间去察看。他来到地上后，发现情况比传说中的还要严重得多。

一天，快要深夜时，他走进阿耳卡狄亚国王吕卡翁的大厅里，

「专家解疑」
严重：①程度深；影响大（多指消极的）。②（情势）危急。
大厅：较大的建筑物中宽敞的房间，多用于集会或招待宾客等。

「好词好句」
冷淡
激怒
*从餐桌上跳起来，唤来一团复仇的怒火，投放在这个不仁不义的国王的宫院里。

「专家解疑」
不以为然：不认为是对的，表示不同意（多含轻蔑意）。
嗜(shì)血成性：爱好吸血成了习性。指贪婪地进行敲诈勒索，榨取民脂民膏。

「智慧引路」
宙斯作为主宰人类的神，应该有宽宏的气度，宽恕人类的罪过，而不是在一气之下萌生灭绝人类的念头。

吕卡翁不仅待客冷淡，而且残暴成性。宙斯以神奇的先兆，表明自己是个神。人们都跪下来向他顶礼膜拜。

但吕卡翁却不以为然，嘲笑他们虔诚的祈祷。“让我们考证一下，”他说，“看看他到底是凡人还是神祇！”于是，他暗自决定趁着来客半夜熟睡的时候将他杀害。在这之前他首先悄悄地杀了一名人质，这是摩罗西亚人送来的可怜人。

吕卡翁让人剁下他的四肢，然后扔在滚开的水里煮，其余部分放在火上烤，以此作为晚餐献给陌生的客人。宙斯把这一切都看在眼里，他被激怒了，从餐桌上跳起来，唤来一团复仇的怒火，投放在这个不仁不义的国王的宫院里。国王惊恐万分，想逃到宫外去。

可是，他发出的第一声呼喊就变成了凄厉的号叫；他身上的皮肤变成粗糙多毛的皮；双臂支到地上，变成了两条前腿。从此吕卡翁成了一只嗜血成性的恶狼。

宙斯回到奥林匹斯圣山。他与诸神商量，决定根除这一代可耻的人。他正想用闪电惩罚整个大地，但又担心天国会被殃及，宇宙之轴会被烧毁。*于是，他放弃了这种粗暴报复的念头，放下独眼神给他炼铸的雷电锤，决定向地下降下暴雨，用洪水灭绝人类。*这时，除了南风，所有的风都被锁在埃俄罗斯的岩洞里。南风接受了命令，扇动着湿漉漉的翅膀直扑地面。南风可怕的脸黑得犹如锅底，胡须沉甸甸的，好像满天乌云。洪涛流自他的白发，雾霭遮盖着前额，大水从他的胸脯涌出。南风升在空中，用手紧紧地抓住浓云，狠狠地挤压。顿时，雷声隆隆，大雨如注，暴风雨摧残了地里的庄稼。农民的希望破灭了，整整一年的辛劳都白费了。

「好词好句」
汹涌澎湃
势不可当
*雷声隆隆，大雨如注，暴风雨摧残了地里的庄稼。

宙斯的弟弟，海神波塞冬也不甘寂寞，急忙赶来帮着破坏，他把所有的河流都召集起来，说："你们应该掀起狂澜，吞没房屋，冲垮堤坝！"他们都听从他的命令。波塞冬亲自上阵，手执三叉神戟，撞击大地，为洪水开路。河水汹涌澎湃，势不可当。泛滥的洪水涌上田野，犹如狂暴的野兽，冲倒庙宇和房屋。水势不断上涨，不久便淹没了宫殿，连教堂的塔尖也卷入湍急的漩涡中。顷刻间，水陆难辨，整个大地一片汪洋，无边无际。

「名师点拨」
作者为了描写水势的汹涌，举出教堂塔顶被淹的事例从侧面进行烘托，增强了文章的说服力。

人类面对滔滔的洪水，绝望地寻找救命的办法。有的爬上山顶，有的驾起木船，航行在淹没的房顶上。大水一直漫过了葡萄园，船底扫过了葡萄架。鱼儿在枝蔓间挣扎，漫山遍野逃遁的野猪被浪涛吞没，淹死。一群群人都被洪水冲走，幸免于难的人后来也饿死在光秃秃的山顶上。在福喀斯，有一座高山的两个山峰露出水面，这就是帕耳那索斯山。普罗米修斯的儿子丢卡利翁事先得到父亲的警告，造了一条大船。当洪水到来时，他和妻子皮拉驾船驶往帕耳那索斯。被创造的男人和女人再也没有比他们更善良、更虔诚的了。宙斯召唤大水淹没大地，报复了人类。他从天上俯视人间，看到千千万万的人中只剩下一对可怜的人，漂在水面上，这对夫妇善良而信仰神祇。宙斯平息了怒火，他唤来北风，

「智慧引路」
信息是一种看不见摸不着的东西，但却能给人们的生活带来巨大的改变。丢卡利翁是因为提前得到信息才躲过一劫的。

「好词好句」
驱散
驯服
*丢卡利翁看看周围，大地荒芜，一片泥泞，如同坟墓一样死寂。

北风驱散了团团乌云和浓浓的雾霭，让天空重见光明。掌管海洋的波塞冬见状也放下三叉戟，使滚滚的海涛退去，海水驯服地退到高高的堤岸下，河水也回到了河床。树梢从深水中露了出来，树叶上沾满污泥。群山重现，平原伸展，大地复原。

丢卡利翁看看周围，大地荒芜，一片泥泞，如同坟墓一样死寂。看着这一切，他禁不住淌下了眼泪，对妻子皮拉说："亲爱的，我朝远处眺望，看不到一个活人。我们两个人是大地上仅存的人类，其他人都被洪水吞没了，可是，我们也很难生存下去。我看到的每一朵云彩都使我惊恐。即使一切危险都过去了，我们两个孤单的人在这荒凉的世界上，又能做什么呢？唉，要是我的父亲普罗米修斯教会我创造人类的本领，教会我把灵魂给予泥人的技术，那该多么好啊！"*妻子听他说完，也很悲伤，两个人不禁痛哭起来。*

「智慧引路」
遇到了困难应该想办法去解决，哭泣是妥协和懦弱的表现，不仅于事无补，还会使人丧失自信心。

他们没有了主意，只好来到半荒废的圣坛前跪下，向女神忒弥斯恳求说："女神啊，请告诉我们，该如何创造已经灭亡了的一代人类？啊，帮助沉沦的世界再生吧！"

"离开我的圣坛，"女神的声音回答说，"戴上面纱，解开腰带，然后把你们母亲的骸骨扔到你们的身后去！"

「专家解疑」
莫名其妙：没有人明白它的奥妙（道理），表示事情很奇怪，使人不明白。

两个人听了这神秘的言语，十分惊讶，莫名其妙。皮拉首先打破了沉默，说："高贵的女神，宽恕我吧。我不得不违背你的意愿，因为我不能扔掉母亲的遗骸，不想冒犯她的阴魂！"

但丢卡利翁的心里却豁然明朗，他顿时领悟了，于是好言抚慰妻子说："如果我的理解没有错，那么女神的命令并没有叫我们干不敬的事。大地是我们仁慈的母亲，石块一定是她的骸骨。皮拉，我们应该把石块扔到身后去！"

话虽这么说，但两个人还是将信将疑，他们想不妨尝试一下。于是，他们转过身子，蒙住头，再松开衣带，然后按照女神的命令，把石块朝身后扔去。奇迹出现了：石头突然不再坚硬、松脆，而是变得柔软、巨大，逐渐成型。人的模样开始显现出来，可是还没有完全成型，好像艺术家刚从大理石雕琢出来的粗略的轮廓。石头上湿润的泥土变成了一块块肌肤，结实坚硬的部分变成了骨头，石块间的纹路变成了人的脉络。奇怪的是，丢卡利翁往后扔的石块都变成男人，而妻子皮拉扔的石头全变成了女人。直到今天，人类并不否认他们的起源和来历。这是坚强、刻苦、勤劳的一代。

人类永远记住了他们是由什么物质造成的。

「好词好句」
命令
刻苦
*石头上湿润的泥土变成了一块块肌肤，结实坚硬的部分变成了骨头，石块间的纹路变成了人的脉络。

「名师点拨」
作者没有对"没有完全成型的人"作过多的描述，而是打了一个很形象的比方，让读者只要略加想象，眼前就会浮现出"没有完全成型的人"的模样。

月下老人

唐朝时候，有一位名叫韦固的人，有一次，他到宋城去旅行，住宿在南店里。

一天晚上，韦固在街上闲逛，看到月光之下有一个老人席地而坐，正在那里翻一本又大又厚的书，而他身边则放着一个装满了红色绳子的大布袋。

「专家解疑」
席地：原指在地上铺了席（坐、卧在上面）。后来泛指在地上（坐、卧）。

「专家解疑」
好（hào）奇：对自己所不了解的事物觉得新奇而感兴趣。
婚姻（yīn）：结婚的事；因结婚而产生的夫妻关系。

韦固很好奇地过去问他：“老伯伯，请问你在看什么书呀？”

那老人回答说：“这是一本记载天下男女婚姻的书。”

韦固听了以后更加好奇，就再问：“那你袋子里的红绳子，又是做什么用的呢？”

老人微笑着对韦固说：“这些红绳是用来系夫妻的脚的，不管男女双方是仇人或距离很远，我只要用这些红绳系在他们的脚上，他们就一定会和好，并且结成夫妻。”

「智慧引路」
世上有很多超出了人类理解范围的怪事，常人都认为是无稽之谈，只有智者才会从中去探寻规律，追查事情的真相。

*韦固听了，自然不会相信，以为老人是和他说着玩的，但是他对这古怪的老人，仍旧充满了好奇。*当他想要再问他一些问题的时候，老人已经站起来，带着他的书和袋子，向米市走去。韦固也就跟着他走。

到了米市，他们看见一个盲妇抱着一个三岁左右的小女孩迎面走过来，老人便对韦固说：“这盲妇手里抱的小女孩便是你将来的妻子。”

「好词好句」
踪影
光阴似箭
*韦固听了很生气，以为老人故意开他玩笑，便叫家奴去把那小女孩杀掉，看她将来还会不会成为自己的妻子。

韦固听了很生气，以为老人故意开他玩笑，便叫家奴去把那小女孩杀掉，看她将来还会不会成为自己的妻子。

家奴跑上前去，刺了女孩一刀以后，就立刻跑了。当韦固再要去找那老人算账时，却已经不见了他的踪影。

光阴似箭，转眼十四年过去了，这时韦固已找到满意的对象，即将结婚。对方是相州刺史王泰的掌上明珠，人长得很漂亮，只是眉间有一道疤痕。韦固觉得非常奇怪，于是便问他的岳父：“为

什么她的眉间有疤痕呢？”

相州刺史听了以后便说：“说来令人气愤，十四年前在宋城，有一天保姆陈氏抱着她从米市走过，有一个狂徒，竟然无缘无故地刺了她一刀，幸好没有生命危险，只留下这道伤疤，真是不幸中的大幸呢！”

韦固听了，愣了一下，十四年前的那段往事迅速地浮现在他的脑海里。他想：难道她就是自己命仆人刺杀的小女孩？于是便很紧张地追问道：“那保姆是不是一个失明的盲妇？”

王泰看到女婿的脸色有异，且问得蹊跷，便反问他道：“不错，是个盲妇，可是，你怎么会知道呢？”

韦固证实了这事儿的时候，真是惊讶极了，一时间答不出话来，过了好一会儿才平静下来，然后把十四年前在宋城遇到月下老人的事，和盘说出。

王泰听了，也感到惊讶不已。

韦固这才明白月下老人的话并非开玩笑，他们的姻缘真的是由神做主的。因此夫妇俩更加珍惜这段婚姻，过着恩爱的生活。

不久这件事传到宋城，当地的人为了纪念月下老人的出现，便把南店改为“订婚店”。

由于这个故事的流传，使得大家相信：男女结合是由月下老人系红绳加以撮合的，所以后人就把媒人叫作“月下老人”，简称“月老”。

「好词好句」
气愤
惊讶不已
* 韦固证实了这事儿的时候，真是惊讶极了，一时间答不出话来，过了好一会儿才平静下来，然后把十四年前在宋城遇到月下老人的事，全盘说出。

「专家解疑」
蹊（qī）跷：奇怪；可疑。也说跷蹊。

「智慧引路」
在古代，由于受到科学的局限性，人们将很多自己无法解释的事情都归结于“上天注定”。久而久之，这种思想就会腐蚀人们向命运挑战的积极性。

美神阿佛洛狄忒

阿佛洛狄忒是奥林匹斯山上年轻一代的主神之一。她是由乌拉诺斯的血肉变成的女神。

乌拉诺斯被其子砍伤后，鲜血滴落在地上。其中有一块血淋淋的皮肉抛到了海中，被海浪打来打去，一直向东南方向漂去。它渐渐地化作雪白的泡沫，在浪峰上跳动。终于有一天，它漂到了塞浦路斯岛的岸边。

海边的风景美丽如画，金色的沙滩上各种贝壳在阳光的照耀下闪闪发光。白色的浪花轻轻地拍打着沙滩。忽然间，一个少女从浪花里走出来。这就是女神阿佛洛狄忒。

阿佛洛狄忒有一副美丽动人的容貌和充满魅力的身材。她来到奥林匹斯山上后，受到众神的欢迎。天宫里，普遍称赞她是最美丽的给天上和人间带来欢乐的女神。

阿佛洛狄忒很羡慕雅典娜女神的智慧和武功。看到雅典娜在反击巨人的斗争中做出贡献，她也不想无所作为。她用“美人计”把敌人引到一个山洞中，使之陷入埋伏而丧生。

阿佛洛狄忒不甘心做一名普通的女神。为争当最美的女神，她同赫拉和雅典娜发生了一场争吵。

在忒萨利亚英雄珀琉斯同海洋神女忒提斯结婚的宴席上，天宫众神应邀参加，唯独纷争女神厄里斯未被邀请。厄里斯十分生气，

「专家解疑」

血肉：①血和肉。②比喻特别密切的关系。

羡慕（mù）：看见别人有某种长处、好处或有利条件而希望自己也有。

「好词好句」

美丽动人

魅力

＊海边的风景美丽如画，金色的沙滩上各种贝壳在阳光的照耀下闪闪发光。

「智慧引路」

有上进心是正确的，但是不应该因此而产生嫉妒心理，只有努力奋斗，才是实现自己梦想的最良、唯一途径。

「名师点拨」厄里斯以金苹果施行报复计划的故事，与我国春秋时期齐景公和晏子“二桃杀三士”的故事如出一辙，都是借刀杀人以巩固自己地位的一种策略。

「专家解疑」奴隶（lì）：为奴隶主劳动而没有人身自由的人，常常被奴隶主任意买卖或杀害。

决心进行报复。她将一个金苹果放在餐桌上，苹果上写着“送给最美丽的女神”。赫拉、雅典娜和阿佛洛狄忒三位女神立即起来争夺这个金苹果。她们都认为自己是最美丽的，理应得到这个赠品。于是发生了争执，互不相让。这事一直闹到众神之父宙斯面前。宙斯感到为难，便叫她们下到人间，请特洛伊的王子帕里斯裁决。

帕里斯是特洛伊国王普里阿摩斯和王后赫卡柏的次子。预言家说他将使特洛伊遭到毁灭。国王和王后为了避免这一不幸，在儿子出生后马上令奴隶把他扔到山上喂野兽。

一个牧人救了婴孩，并给他取名帕里斯。帕里斯在牧人的照料下已长大成人。他长得十分俊美，身体健壮，为保护牧人和牲畜做了不少好事，在山上小有名气。

一天，天神的使者赫耳墨斯把三位女神带到帕里斯面前，向他说明了来意。三位女神随即一一亮相。赫拉走在前面，她精神饱满，端庄典雅，对帕里斯说道：“我是宙斯的妻子。如果你同意把这个金苹果给我，使我成为最美丽的女神，你便可以统治天下最富裕的国家。”

接着，雅典娜走上前来，在她庄严而美丽的面庞上闪动着一双像蓝天般清澈的眼睛。她说道：“如果你把这金苹果给我，你将成为人间最聪明、最勇敢的人。”

阿佛洛狄忒对帕里斯说道：“我将赠给你一件礼物，它除了给你带来快乐没有别的。我将把世界上最美丽的女人给你做妻子。”

帕里斯听了她们三位的许诺之后，再打量一番各位女神，愈看愈觉得阿佛洛狄忒最美。她周身闪烁着充满希望的神奇的光芒。帕

「好词好句」
精神饱满
端庄典雅
*在她庄严而美丽的面庞上闪动着一双像蓝天般清澈的眼睛。

「专家解疑」
光芒（máng）：向四面放射的强烈光线。

里斯不禁被她的光彩迷惑，便将金苹果判给了阿佛洛狄忒。

「名师点拨」作者对埃罗斯进行肖像描写，展现出了他可爱的一面，给了读者亲切之感，同时也让故事的情节更加生动，具有吸引力。

阿佛洛狄忒同宙斯之子火神赫菲斯托斯结为夫妻。他们的后代埃罗斯是个胖胖的小男孩，他肩上生长着一对翅膀，自由地飞来飞去。埃罗斯是一个永远也长不大的小男孩。这样，阿佛洛狄忒被誉为爱神之母。

杜鹃啼血

很早很早以前，位于四川的蜀国有个国王，叫作望帝。望帝是个人人爱戴的好皇帝。他爱百姓也爱生产，经常带领四川人开垦荒地，种植五谷。辛苦了许多年，他把蜀国建成了丰衣足食、锦绣般的天府之国。

「好词好句」
丰衣足食
朝拜
*说来也巧，鳖灵正碰见望帝愁眉不展，嗟呼长叹，便忙问为什么如此惆怅。

有一年，在湖北的荆州地方，有一个井里的大鳖成了精灵，幻成了人形。可是，他刚从井里来到人间便不知何故死了。奇怪的是，那死尸在哪里，哪里的河水就会向西流。于是，鳖精的尸体就随着西流水，从荆水沿着长江直往上浮，浮过了三峡，浮过了巴泸，最后到了岷江。当鳖精浮到岷山山下的时候，他突然活了过来，他便跑去朝拜望帝，自称叫作“鳖灵”。说来也巧，鳖灵正碰见望帝愁眉不展，嗟呼长叹，便忙问为什么如此惆怅。望帝见到鳖灵，非常喜欢他的聪明和诚恳，便告诉了他缘故。

「专家解疑」锦绣：①精美鲜艳的丝织品。②属性词。美丽的或美好的。

原来，有一大群被蜀人烧山开荒赶走的龙蛇鬼怪，不愿离开天府之国的宝地，更不情愿看到蜀人把自己的家园建成乐园，他们便使了妖术，把川西一带的大石都运到夔峡、巫峡一带的山谷里，堆成崇山峻岭，砌成龙穴鬼窝，天天在那里兴风作浪，将万流归海的大水挡住了。结果，水流越来越大，水位越来越高，将老百姓的房屋、作物甚至生命，埋葬在无情的洪水里面。大片大片的梯田和平地，人们生活的地方，变成了又黑暗又污秽的海底。这种百姓遭殃受罪的情景已经很长时间了，可是谁也没有办法，望帝因而茶不思饭不想，心中难受。

「好词好句」
崇山峻岭
兴风作浪
*这种百姓遭殃受罪的情景已经很长时间了，可是谁也没有办法，望帝因而茶不思饭不想，心中难受。

鳖灵听后，便对望帝说：*“我有治水的本领，我也不怕什么龙蛇鬼怪，凭着我们的才智一定能战胜邪恶。”*望帝大喜过望，便拜他做了丞相，令他去巫山除鬼怪，开河放水救民。

「智慧引路」
“邪不胜正”是亘古不变的道理，当面对邪恶势力时，一定要对自己充满信心，勇敢地同邪恶势力斗争。

鳖灵领了圣旨，带了许多有本领的兵马和工匠，顺流来到巫山所在，和龙蛇斗了六天六夜，才把那些凶恶顽劣的龙蛇捉住，关在了滟滪堆下的上牢关里。接着，他又带领人们和鬼怪搏斗了九天九夜，才把那些邪恶狡猾的鬼怪捉住，关在了巫山峡的鬼门关里。然后，鳖灵着手把巫山一带的乱石高山，凿成了夔峡、巫峡、西陵陕等弯曲峡谷，终于将汇积在蜀国的滔天洪水，顺着七百里长的河道，引向东海去了。蜀国又成了人民康乐、物产丰饶的天府之国。

「专家解疑」
天府之国：指土地肥沃、物产丰富的地方，在我国一般把四川称为“天府之国”。

望帝是个爱才的国王，他见鳖灵为人民立了如此大的功劳，才能又高于自己，便选了一个好日子，举行了隆重的仪式，将王位让给了鳖灵，他自己隐居到西山去了。

鳖灵做了国王，便是丛帝。他领导蜀人兴修水利，开垦田地，做了许多利国利民的大好事。百姓过着快乐的生活，望帝也在西山过着清心寡欲的日子。

「专家解疑」
清心寡欲：保持心地清净，减少欲念。

可是，后来情况慢慢起了变化。丛帝有点居功自傲，变得独断专行，不大倾听臣民的意见，不大体恤老百姓的生活了。人们为此愁起来了。

「好词好句」
劝导
诚心诚意
＊消息传到西山，望帝老王非常着急，常常食不好寝不安，半夜三更还在房里踱来踱去，想着劝导丛帝的办法。

消息传到西山，望帝老王非常着急，常常食不好寝不安，半夜三更还在房里踱来踱去，想着劝导丛帝的办法。最后，他还是决定亲自走一趟，进宫去劝导丛帝。于是，第二天早晨，他便从西山动身进城去访丛帝。

这个消息很快就被老百姓知道了，大家都诚心诚意地期望丛帝能悔过反省，便一大群一大群地跟在望帝老王的后面，进宫请愿，结果，便连成了很长很长的一支队伍。

「智慧引路」
凡事都应该谋定而后动，思虑周全。拥有正确的方法不仅可以让人少走很多弯路，而且还能使人更加快捷地通向成功。

*这一来，反而把事情弄僵了。丛帝远远地看见这种气势，心里起了疑惑，认为是老王要向他收回王位，带着老百姓来推翻他的。*丛帝心中慌了，便急忙下令紧闭城门，不得让老王和那些老百姓进城。

望帝老王无法进城，他靠着城门痛哭了一阵，也只好无奈地回西山了。可是，望帝老王觉得自己有责任去帮助丛帝清醒过来，治理好天下，他一定要想办法进城去。他又想呀想呀，终于想到只有变成一只会飞的鸟儿，才能飞进城门，飞进宫中，飞到高树枝头，把爱民安天下的道理亲自告诉丛帝。于是，他便化为一只会飞会叫的杜鹃鸟了。

那杜鹃扑打着双翅飞呀飞，从西山飞进了城里，又飞进了高高宫墙的里面，飞到了皇帝御花园的楠木树上，高声叫着："民贵呀！民贵呀！"

那丛帝原来也是个清明的皇帝，也是个受到四川百姓当成神仙祭祀的国王。他听了杜鹃的劝告，明白了老王的善意，知道多疑了，心中很是愧疚，以后，便更加体恤民情，成为一个名副其实的好皇帝。

可是，望帝已经变成了杜鹃鸟，他无法再变回原形了，而且，他也下定决心劝诫以后的君王要爱民。于是，他化为的杜鹃鸟总是昼夜不停地对千百年来的帝王叫道："民贵呀！民贵呀！"但是，以后的帝王没有几个听他的话，所以，他苦苦地叫，叫出了血，把嘴巴染红了，还是不甘心，仍然在苦口婆心地叫着"民贵"！

后代的人都为杜鹃的这种努力不息的精神所感动，所以，世世代代的四川人，都很郑重地传下了"不打杜鹃"的规矩，以示敬意。

「好词好句」
道理
体恤民情
*那丛帝原来也是个清明的皇帝，也是个受到四川百姓当成神仙祭祀的国王。

「专家解疑」
名副其实：名称或名声与实际相符合。也说名符其实。
感动：①思想感情受外界事物的影响而激动，引起同情或向慕。②使感动。

名家品评

奉献精神是一种伟大的品质，正是因为有无数圣贤先哲们前仆后继地为人类做着无私的奉献，人间才会充满了希望，变得越来越美好：后稷不计前嫌，将自己的学识向那些曾经抛弃自己的人倾囊相授；望帝忧国忧民，对有功于民的鳖灵拱手让出自己的江山，后来为了百姓疾苦甚至甘愿变成一只杜鹃。他们这种无私奉献的精神值得每个人学习。

阅读思考

1. 巴特尔为什么要将白马的腿骨和尾巴做成马头琴？
2. 韦固为什么要派人刺杀相州刺史的女儿？
3. 望帝采用了哪些方法劝谏丛帝？

重点测试

一、填空题

1. 盘古死后，他眼里的闪光变成了________，他的双眼分别变成了________和________。

2. 人们同情精卫，钦佩精卫，把它叫作“______”“誓鸟”“______”“帝女雀”，并在东海边上立了个古迹，叫作“______”。

3. 舜帝有两个妃子________和________，她们都是________的女儿。她们虽然出身皇家，又身为帝妃，但却一直都在关心着百姓的疾苦。

4. 狄俄尼索斯是________和________的儿子，长大后发明了酿酒术，制造出葡萄酒，被________封为“酒神”。

二、选择题

1. 夸父追日是为了（　）。

A. 留住温暖　　B. 留住光明

C. 让太阳服务大众　　D. 和太阳赛跑

2. 女娲和（　）结婚，繁衍了人类。

A. 黄帝　B. 伏羲　C. 杜康　D. 奥丁

3. 望帝为了劝谏丛帝爱民，最后化身为（　）。

A. 麻雀　B. 黄龙　C. 鲤鱼　D. 杜鹃

三、判断题

1. 八仙游蓬莱岛时，“花龙公主”掀翻了龙船，掳走了韩湘子。（　）

2. 众神之主奥丁酷爱旅行，喜欢在旅行中不断地增加他的知识和智慧，终成为被人类崇拜的知识和智慧之神。（　）

3. 潘多拉打开了匣子，里面各种各样的饥荒、祸害、灾难、疾病一起飞了出来，布满人间，值得庆幸的是，“希望”也一起飞了出来。（　）

4. 玉姑被凌波仙子施法变成了红鲤鱼，最终打败了大黄龙。（　）

四、简答题

1. 杜康是如何发明酒的？

2. 精卫填海带给你怎样的人生启迪？

答案

一、填空题

1. 闪电　太阳　月亮

2. 冤禽　志鸟　精卫誓水处

3. 娥皇　女英　尧帝

4. 宙斯　塞墨勒　宙斯

二、选择题

1. C　2. B　3. D

三、判断题

1. ×，八仙游蓬莱岛时，是“花龙太子”掀翻了龙船，掳走的是何仙姑。

2. √。

3. √。

4. ×，玉姑被鲤鱼仙子施法变成了红鲤鱼，最终打败了大黄龙。

四、简答题

1. 杜康是黄帝手下负责粮食生产的大臣。随着生产力的提升，人们收获的粮食越来越多，渐渐出现了剩余。黄帝命杜康将剩余的粮食储藏起来。在无意之中，杜康发现他储藏在枯树洞里的粮食发酵变成了香醇的汁水，且有提神之功效，杜康从中受到启发后，经过观察和总结，终于发明了酿酒之术。这个故事告诉了人们应该细致地观察生活，并从中摸索出事物发展的规律，总结出经验以造福人类的道理。

2. 精卫为了向夺去自己年轻生命的大海复仇，不休不止地叼衔着木枝和石粒填塞大海，向人们喻示了一种锲而不舍、勇往直前的处事精神。人们在做任何事情时，一旦找准了正确的方向，就应该持之以恒，为之付出不懈的努力；当面对困难时自己要抱有必胜之心，永不言弃，相信终有成功之日。